新しい靴を買わなくちゃ

北 川 悦 吏 子

新しい靴を買わなくちゃ

原作・脚本　北川悦吏子
ノベライズ　林なな

1

飛行機が無事着陸して、しばらく滑走路を走ったあと、ようやくシートベルトサインが消えた。

すると、周囲から一斉にベルトをはずす金属音が聞こえてくる。

13時間もの長いフライトだった。

せわしなく座席から立ち上がる人たちを見ながら、もうここはフランスなんだな、とセンは思う。

ふと窓の外を見ると、滑走路の脇に広がる芝が目に入った。

その微妙な色合いが、なんとなくフランス産という感じがする。

センはにわかに旅情をかきたてられて、機内に持ち込んでいたカメラを確認した。

小型のデジカメと中判のフィルムカメラと、一台ずつ持ってきている。

カメラマンのセンには、どこに行くにもこれがなくては始まらない。

センはカメラをやさしく抱えながら、無事だとわかって安堵《あんど》のため息をついた。

ふいに、隣の席にいるスズメが、立ち上がって大きくのびをした。

スズメは機内用の簡易スリッパを行儀悪く脱ぎ捨てると、真新しいハイヒールに履き替えて、トントンと足元をたしかめるように踵《かかと》で床を鳴らした。

「よく眠っていたね」

センは彼女に向かって微笑《ほほえ》んだ。

シャルル・ド・ゴール空港にいる。

これがふたりにとって初めてのパリ旅行である。

センは気持ちがやや高ぶり、さてこれからどこをどうやって観光しようか、夜はどこでごはんを食べようかなどと、段取りをざっとシミュレーションしてみた。

一方のスズメは……というと、とくに緊張感もなく、なにやらのんきな顔をしている。

異国に来ても平常心でいるようすの彼女をセンはたのもしく思うけれど、一方、もうすこし緊張感があってもいいのではないかとハラハラしたりもする。

24歳になったばかりの彼女は美しい盛りで、日本人らしいチャーミングさと相まって、おそらく、パリの男たちが放っておくはずがない。

この旅の間じゅう、センはスズメに気を配っていようと決意している。センは彼女に対して、大きな責任があるのである。

まあ、なんにせよ、ここはすでにフランスだ。

いい旅になることを祈りながら、センはスズメとふたり並んで到着ゲートを出た。


これが春先のフランスの空なのか。

空港のターミナルビルへと向かう間、センの目に昼下がりの空が映った。

ガラス越しのせいか、やや曇っているようにも見える。

が、センはどんな天気も嫌いではない。曇りでも、晴れでも、どしゃぶりでも、それぞれの天気なりの楽しみかたがあると思っている。

ターミナルビルに入ると、モダンなデザインの天井に反響するように外国語のアナウンスが聞こえてきて、センは一気にこの国の時間にとけ込むような気がした。

東京とパリでは8時間ほどの時差があるはずなのに、飛行機を降りて歩いていると、広い場所へと出ていく高揚感からなのか、座席に押し込められていたときの疲れが一気に消えていくようだった。

入国審査を終えて、手荷物のターンテーブルに行くと、よく使い込まれたセンのスーツケース（シルバーのリモワ）と、フューシャピンクの可愛らしいキャリーケースとが仲よく並んで流れてきた。

センの隣りで、スズメは腕組みをして、待ちきれないかのようにハイヒールの踵をこつこつと打ち鳴らしている。

センはふたつの荷物をひきあげると、彼女を先導するようにタクシー乗り場に向かった。

「いちおう、パリなんで」

スズメはタクシーに乗り込むと、フレームの大きなサングラスをかけた。

センはそんな彼女を、隣で微笑みながら見つめた。

空港を出ると、思いのほかフランスの空は青く、陽射《ひざ》しが強かった。

そういえば、今年の東京は春の訪れが遅かったけれど、3月はじめのパリは例年になく気温が高いと、ネットのニュースで流れていた。

「ね、あれ、すごーい！」

スズメが過ぎていく風景にいちいち感動するので、センは自分のほうの窓ではなく、自然に彼女と同じ窓の外を見ていた。

センはふと、スズメの横顔に目を留めた。

春の陽射しを受けて、スズメの頬《ほお》のうえでファンデーションの粒子がきらめいている。フランスの光だ。

そう思うとセンはうれしくなって、手元のデジカメにそっと手を添えた。

30分ほど走って、タクシーはパリ市内に入った。

それまでまばらだった道路脇は様変わりして、オフィスビルなどの高い建築物が増えてくる。

「うわ〜パリだ〜！」

スズメはサングラスをずらして、興味津々のまなざしで外のようすをながめている。

「うん、パリだね」

センはやさしく言いながら、シャッターを切るようにまばたきをした。

やがて、車がセーヌ河沿いの道路に入ると、スズメはなにやらそわそわしはじめた。

さすがに初めてのヨーロッパ旅行で、緊張しているのだろうか。かわいいな、とセンが思ったそのとき、

「あ、ここ。止めて止めて！」

突然、スズメが運転手に向かって大声をあげた。

「お願い！」

スズメに頼まれて、センは運転手に止まるよう英語で告げた。

止まった道路の脇から、ノートルダム大聖堂が見える。

それはともかく、こいつはいったいなにを考えているのか。トイレだったら空港ですませたはずだし、とセンは不可解な思いでスズメを見つめた。

スズメはそんなセンにかまわず、さっさとタクシーを降りてしまった。

「ねえ、ここ、いい！」

はしゃぐようにスズメは言った。

仕方なくセンもつづいて車から降りた。セーヌ河沿いの歩道に立ってあたりのようすをうかがうと、そこはちょうどノートルダム大聖堂の広場が見える、絶景ポイントだった。

センは感動した。さすが、パリのランドマークとしても有名なノートルダム大聖堂は、ガイドブックで見るよりはるかに荘厳なたたずまいである。

「おおっ、ホントだ。ちょっと撮るかな」

センは興味をひかれて、持っていたデジカメのレンズを大聖堂に向けた。

「ねえ、私撮ってよ！」

スズメがいきなり満面の笑みでセンの前に立ちはだかった。

「お前撮ってどーすんだよ……」

センは言いながらも、しぶしぶ彼女にデジカメを向けた。

スズメはすでにノリノリで、ノートルダム大聖堂を背にモデルのようなポーズをとっている。

「ま、いいや」

センはいったん撮りはじめると、夢中で入れ込んでしまう。

そのうちに暑くなって、センはコートを脱いだ。陽射しは強く、薄手のコートでも暑いくらいだ。

「よし、終了。けっこういいの撮れたな。俺は天才だ」

センは撮影を終えて満足だった。

「あ。ねえ、せっかくだから、一張羅のカメラで♪」

スズメがうたうように、甘えた声を出した。

「……一張羅のカメラ？」

「ほら～、こうして撮る……」

スズメはにっこり笑って、上からファインダーを覗《のぞ》くようなジェスチャーをしている。

ああ、〈ハッセル〉のことか。

センが思うより早く、「持ってきてあげるね！」と、スズメはタクシーのほうへ駆け戻っていった。

「あ、運転手さんに、もう戻るって言っておいて。私たちはもうすぐタクシーに戻ります、って」

センはスズメの背に声をかけた。

「うん、わかったー！」

スズメはやけに素直に言って、タクシーに戻っていく。

旅行用に新調したハイヒールが、パリの石畳の上で軽快な音をたてている。

センは彼女の足音が響く範囲にいることにどこか安心しながら、続きを撮ろうとノートルダム大聖堂にデジカメのレンズを向けた。

「おにーちゃ〜ん！」

スズメの叫ぶ声でセンはハッと我に返った。

「長旅、お疲れさまでしたー！」

スズメはなぜかタクシーに乗り込んでいて、笑って窓から手を振っている。

「ここからは、別行動ってことで、ひとつ、よろしく〜っ！」

かわいらしく手を振る妹を見ながら、センは呆然《ぼうぜん》とした。

「お前……なに言ってんの？」

「淋しくなったら、さっき撮った私の顔でも、見ててね〜！」

「え？……なに？……ちょ……待てよスズメ！」

手を振るスズメを乗せて、タクシーはとっとと走り去っていく。

「うそだろ……」

あとには、しっかりセンの荷物だけが置き去りにされていた。中判カメラの名機〈ハッセルブラッド〉も無造作に置かれて……。

「ざけんなよっ！」

センはタクシーに向かって毒づきながら、大急ぎでカメラの元に駆け寄った。


空が青い。

アオイは陽のまぶしさに目を細めた。

パリに住むようになって長いけれど、すべての記憶をたぐり寄せても、こんなに青い春先の空はなかったように思う。

今日は気温も20度を超えて、パリの春はすこしばかり急ぎ足でやってきたようだ。

周囲をざっと見渡すと、街のそこかしこには、長く暗かった冬を乗り越えたあとの、お祭りのような陽気さが漂っている。

ショコラティエのウインドウには、うさぎや鳥をかたどった色とりどりの菓子がたのしげに並び、ちいさな子どもがおでこをペタリとガラス面に押しつけ、魔法でもかけられたみたいにそこから動かなくなっている。

アオイはくすっと微笑んだ。

復活祭が近いのだ。

春めいた陽気もさることながら、街にはすでにイースターホリデイののどかな気分が漂っている。

フランスでクリスマスに次ぐ国民的行事と言われる復活祭は、まとまった長さの休暇をとる人たちも多く、また、家族で過ごす大切なイベントでもある。

けれど……。

そんなイベントを前にして、アオイはこの時期になると複雑な思いを持て余してしまう。

それは、理不尽な思いだと自分でもわかっている。

毎年決まってやってくるお祭りは、やさしいようでいてせつないものだ。

アオイはしばらくのんびりと街のようすをながめていたが、急に用事を思い出したようにバッグからスマートフォンを取り出した。

「はい。——では、お約束どおり、2時にうかがいます」

アオイはこれから訪ねる取材先に確認の電話を入れた。

「はい、楽しみにしております。では、後ほど」

流暢《りゅうちょう》なフランス語で言って、手慣れた感じでスマートフォンを切った。

万事快調だ。アオイは石畳の上を軽快に歩き出しながら、バッグを持っていないほうの手で別件のメールを打ち始めた。

薄手のトレンチコートを春風になびかせ、テキパキと仕事をこなしているアオイは、一見やり手の秘書のようである。

が、颯爽《さっそう》としている上半身に反して、石畳の上のハイヒールは不規則に空いている隙間《すきま》に踵をとられ、時折りぐらついた。

アオイは移動時間が限られている今日のようなときに、ヒールのある靴を履いてきたことを後悔した。

「きゃっ……！」

突然、アオイはずるっと足を滑らせて転んだ。

ヒールの踵がなにかを踏んだようだ……。

なんだろう……？　足元にパスポートのようなものが落ちている。

赤い表紙。日本国……？　なぜこんなところにパスポートが……。

アオイが首を傾《かし》げたそのとき、大きな手が目の前に差し伸べられた。

きれいな指……。

「あの……大丈夫？」

天から日本語が降ってきた。

アオイが声のするほうを見上げると、背の高い青年が立っている……。

「あ、いや……。Are you OK?」

青年は反応のないアオイに英語で言い直した。

「I'm OK……」

アオイは思わず英語で反応してから、ハッとした。

「……大丈夫です。ちょっと、転んでしまって……」

日本語で、照れ笑いを浮かべながらとりつくろったように言って、アオイは大急ぎで乱れたスカートの裾をととのえた。

……ひどい状況だ。知らない人の前ですっ転び、みっともない姿を見られてしまった……。

「日本人……？」

青年がおずおずとたずねてきた。

「はい。こんにちは……」

アオイは愛想笑いを浮かべて立ち上がろうとしたが、瞬間バランスが崩れて、グラリと体が傾いた。

「あっ！」

青年は素早くアオイに駆け寄って、力強い両腕で支えてくれた。

ちょうど〝ハリウッドキス〟に入る手前ような大げさなポーズで抱き合ったまま、ふたりは凍り付いたように動けなくなった。

「失礼……」

アオイはさっと彼から離れたが、恐縮のあまり、思わずオジサンのような発言をしてしまった。

そうして、取り急ぎ、アオイはなんとか自分の足で立とうと踏ん張ったが、あるはずの感触が片方の靴底になく、ふたたび転びそうになった。

「あの……これ」

青年は、アオイの足元に転がっていた〝折れたてのヒール〟を拾って差し出した。

「ああ……」

なんてことだろう。アオイは絶望的な気分でヒールが取れたほうの靴底を見やった。

「足、痛くないですか？」

青年は人のよさそうな心配顔で、アオイを見つめている。

低音の、すこし鼻にかかったような特徴のある声だ。

「……平気です。私、何かふんづけて、ニュルッて……」

アオイはそこで、自分の足元に転がっている別のものに気がついた。

「あの……これ……。私……今、これ、踏みました……か？」

アオイが拾い上げると、それはパスポートだった。

「これ、もしかしてあなたの……？」

「僕のパスポート……」

青年はアオイの手から受け取って中身を開くなり、ウッとうめいてその場にフリーズしてしまった。

いったいどうなってしまったのか、アオイが心配して覗き込もうとすると、なぜか青年はパスポートを自分の胸に引き寄せ、隠している。

「いや、ちょっと。見ないほうが……」

青年は言葉を濁した。

「いえ、そういうわけには……」

アオイはやや強引に彼のパスポートを奪って中を確認した。

「えっ、これって……」

アオイは絶句してしまった。

パスポートの本体とも言うべき顔写真の部分が、なにかで激しく擦《こす》ったように黒ずんでいる。

いや、「なにか」と言っている場合ではない。それはまぎれもなく、アオイのヒールの仕業だろう……。

パスポート番号は無惨にも黒ずみ、ＩＣチップが埋め込まれた顔写真の部分が、残念な感じにぼやけてしまっている。

これでは、チェックインの際にも、空港の機械にはじかれてしまうだろう……。

アオイは動揺しながらも青年の行く末を案じた。

「いやー、どうにかなると思いますよ」

青年はなぜかカラ元気を装っているが、その瞳はそうとう困っている。

「いえいえ……」

アオイはますます心配になった。

「どうにもならないと思います。日本大使館に行かれて相談されたほうがいいです」

「大使館……」

青年は遠い目でつぶやいた。

それはいったいどこなんだろう……といった彼の困惑が伝わってきて、アオイはささっと現実的にアタマを働かせた。

「えっと、オッシュ通りです。メトロのクールセル駅から歩いてすぐのところにあります。確か、夕方5時までやっていると……」

アオイはぱぱっと説明したのだが、青年はポカンとした笑顔のまま、リアルな生体反応を春の空に吸い取られたような有様である。

ああ、そうか。この人、旅行者なんだ……。

アオイはようやくそのことに思い至った。

日本から来た旅行者……。

「あっ。もしかして、ぜんぜん、わからない……？　通りとか？　パリはいらっしゃったばかり……？」

アオイはゆっくりめに問いかけた。不慣れな土地でパスポートがこんなことになり、彼はどんなに心細いことだろう。

「はい、初めてです」

青年はぼそっと答え、アオイに向かってやさしく微笑んだ。

「でも、大丈夫です。ガイドブックがありますので」

青年はアオイを心配させないように笑みを浮かべているが、瞳が不安に揺れているのをアオイは見逃さなかった。

「ごめんなさい……」

まず、アオイは謝った。

「私がお連れできればいいんだけれど、ちょっといま、急いでいて……」

アオイはバッグからメモ一式を取り出すと、ぱぱっと要領よく地図を描き始めた。

「もしかして……こちらに住んでらっしゃるんですか？」

青年が聞いてきた。

「ええ……。もう、長くなりました。まだ、慣れないんだけど……」

アオイはとつとつと答えながら地図を描き終え、彼に渡した。

「あ、ついでに。これ、私の名刺です。こちらで日本人向けのフリーペーパーを作ってます」

アオイは名刺を差し出した。

「ああ、編集者……」

青年はなぜか納得したようにうなずいた。

「そんな立派なもんでもないけど……」

アオイは気恥ずかしくなりながらも、彼が大事そうに持っているカメラに気づいた。

ひとつはデジカメだが、もう一台は中判のフィルムの、マニアックなカメラだ。もしかして同業者なのか。それでアオイの名刺への反応が微妙なのだろうか。

「あの、ここに携帯も……」

アオイは名刺の連絡先の部分を指で示した。

「よかったら、パスポート……どうなったか教えてください。……気になります。あと、こちらで何か困ったことがあったら……」

「あ……ありがとうございます」

青年が心から素直なようすで礼を言うので、アオイは恐縮し、ほんとうにごめんなさい、と小声で付け加えた。

いまごろになって気がついたが、青年は明らかに、日本語で言うところの「イケメン」というジャンルに属している。

長身の青年の顔は小さく、輪郭に沿った髪がやさしい調子ではねている。ストールをこなれたかんじで首に巻いていたりして、服装のセンスもさりげなくいい。

歳《とし》はいくつくらいだろう。

アオイは考えて、少しドキドキしてきた。

「いえ、こちらこそごめんなさい」

青年はふわっと、子犬のように愛らしい笑顔で言う。

「急いでるんでしょ？　どうぞ、行ってください」

青年にうながされ、アオイは歩き出そうとしたけれど、まったく足元がおぼつかない。

そうだった……。そういえばヒールが折れていたのだった。

「あの……」

それでもなお、なんとかヒョコヒョコと歩いて行こうとするアオイを青年が呼び止めた。

「これ、忘れ物……」

「ああ、そうでした……」

アオイは思わず照れ笑いしながら、青年からヒールを受け取った。

間抜けなことに、アオイはヒールを受け取ったものの、どうしたらよいのか途方に暮れてしまった。

ふたりはしばし無言のまま、折れたヒールを見つめた。

「その……」

青年が先に口を開いた。

「これから行く場所まで歩けますか？　踵がなくて……」

「微妙です……」

アオイは即答し、とほほな気分で肩をすくめた。

「相手のかたも、その状態で行ったら、驚かれるのでは……」

青年が眉根を寄せて言う。

「はあ……そうかも。仕事関係で、クライアントです……」

「もしかして、そうとう、困ってませんか？　僕のパスポートと同じくらい」

「はあ……。時間があったら、靴屋さんでサクッと何か他の靴を買って行くんですが……。

なにぶん、もう時間が……」

アオイはどうしたものかと、本格的に途方に暮れてしまった。

「あ、ちょっと待って」

青年はなにか思いついたのか、近くに放りっぱなしになっていたスーツケースに駆け寄ると、うずくまって中を開き、なにやらガサゴソ探しはじめた。

「あの……私、男の人の靴はちょっと……」

アオイは大きなサイズのスニーカーに気づいて遠慮がちに言った。

「あった！」

青年は探し物が見つかって、ニコリと微笑んだ。

「これ、カメラの修理用に持っています」

青年は得意げにアオイに言い、瞬間接着剤のチューブを空にかざした。

「これで、とりあえず……」

「とりあえず……。あ、いいかも」

アオイはホッとして思わず微笑んだ。

「ホントですか？」

青年はアオイの反応に、ふわっと安心したような笑みを浮かべた。

「ええ。助かるかも。これ、もう履きつぶしちゃってる寿命の靴だし。とりあえず、今日だけでももてばそれで」

アオイが言うと、一気にふたりの間の空気がなごんだ。

「じゃ、靴、貸してください」

青年が言った。

「あ、はい……」

アオイは脱ごうとしてから気がついた。

「あ……これ脱いだら私、倒れます」

アオイは小声でつぶやいた。

「ああ、じゃあ、こちらへ」

青年は屈託のない笑顔で、ダンスでもするみたいにうやうやしくアオイの腕をとった。


もしかして、このひとのおかげだろうか。

そのときのセンは不思議と気持ちが落ち着いていた。

スズメには突然逃亡され、パスポートがさんざんなことになっているのに、だ。

センは踵を失って不安定な彼女の体を支えながら、近くにあった石のベンチへと移動し、ふたり並んでそこに腰掛けた。

春風の通り道のような、なかなか雰囲気のいい場所である。

なにしろセーヌ河沿いの歩道で、眺めがいい。

もしこれが恋人どうしなら、さぞかし盛り上がるところだろう。

センはそんなことをぼんやり考えながら、ヒールの底を修理しはじめた。

「あの、東京からですか？」

彼女がセンの作業を見ながら、所在なさそうにたずねてきた。

「はい」

センは作業をつづけながらうなずいた。

「観光……？」

待っていて手持ち無沙汰なのか、彼女はさらにたずねてきた。

「まあ……」

センは言いよどんだ。

自分の……、いまの状況をサラリと簡単に説明する言葉が見つからない。

でも、なぜか彼女にいろいろ聞かれるのは嫌ではなかった。

しかし、なごんでいる場合ではないのである。

「時間、大丈夫ですか？」

センは気になってたずねた。

「ああ……はい。あと、10分くらいは」

「じゃ、余裕です」

センは安心して次の作業に打ち込んだ。

カメラ用の工具袋からカッターを取り出して、接着剤が密着しやすいように靴の底に傷をつけていく。

手先が器用なセンはこうした作業が昔から得意である。

「あの……。テシガワラさん、でいいんですよね？」

センは名刺にあった文字を思い出しながら、たずねた。

「あ……勅使河原アオイです。でも、勅使河原って呼びにくいんで、アオイで……」

彼女は言った。

「僕は八神千《やがみせん》です。じゃ、僕もセンで」

「えっ……」

「あ、いや、別に八神でも……」

センは言い直した。

いきなり馴れ馴れしかっただろうか。

どうやら、彼女はセンよりもじゃっかん年上のようである。

いくつくらい年上なのだろう、とセンは想像しながら、とてもきれいな人だなと思った。

さらりと美しいストレートの長い髪に、目鼻立ちは凜《りん》として、たたずまいもステキな、大人の女性といったかんじだ。

気がつくとふたりはともに沈黙していて、呼び名をどうするかというところで会話が止まっているあたり、なんだか不器用な者どうしのお見合いみたいだ。

「あの……」

センは話題を変えた。

「こっちで、何かひとつ、見たほうがいいよってとこがあるとしたら、どこですか？　アオイさん……が、こちらで一番、いいな、と思う場所」

「ああ。……ええっと……あらためて聞かれるとどこだろう……」

彼女は少し考えてから、「ああ」と、なにか思いついたようにいたずらっぽく笑っている。

「どこですか？　思い当たりました？」

センはなんだかうれしくなった。

「はい。でも、つまらない場所です」

「そうなんですか？」

言っているうちに、ヒールの接着が完成した。

「……よし、じゃ、これで」

センはヒールを引っ張って、接着具合を確かめた。

「スミマセン……」

彼女は恐縮したように頭を下げた。

「履いてみますか？」

センは石畳に膝をついて、うやうやしく彼女の足元に靴を差し出した。

それはどこかで見たことのある儀式のようで、センは照れた。

「あっ、ぴったり……」

彼女は冗談めかしたように言ってから、「なんてね！」と自分でツッコミを入れている。

「ああ、あなたがシンデレラでしたか……」

センは思わず口にしていた。

「えっ……」

すると彼女は、リアクションに困ったように固まってしまった。

「……すみません。ちょっとパリなんで調子に乗りました」

センはひょこっと頭を下げた。

「いえ」

彼女は言って靴を履き、くすっと笑った。笑うと、彼女のなかの少女の部分が見えるようで、可愛らしかった。

「いまのは忘れてください」

センはさらっと付け加えてみたが、それもかえって無粋な気がした。

「あ、はい。私がぴったりなんて言ったからです。当たり前です、ぴったりなのは。もともと私の靴なんだから」

彼女は笑ってフォローしてくれた。

「じゃ、お仕事がんばってください」

センが時間を気にして言うと、

「はい。そちらも、パスポートの件、うまくいきますように」

彼女はきれいな口元をほころばせ、にっこり微笑んだ。

「じゃ……」

センは踵《きびす》を返し、アオイとは別の方向へとスーツケースを転がし、歩きはじめた。

なぜか、彼女の笑顔がこころに残った。

目元にふと、さびしそうな空気が漂っていた……。

センは通りでタクシーを拾い、日本大使館へと向かった。

彼女は……。

車のなかでセンは思った。

あのひとは……アオイさんは、はずむようなおしゃべりをするわりに、何か淋しい感じのする人だった。

「えっ……」

センは日本大使館で絶句した。

たったいま、パスポートの再発行には1週間ほどかかると、年配の女性職員に告げられたところだ。

「そんな……困りますよ、パスポートがなくちゃ……。どうしたらいいか……。こうなってしまったのは、いわば、アクシデントで……」

センはなんとかしてもらえないものかと、カウンターに身を乗り出した。

「日本にも帰れなくなってしまう……。帰りの飛行機のチケットは3日後なんです。それに乗れないと困るんです。仕事も入っていて……」

「それでしたら、〈帰国のための渡航書〉をお出ししましょう」

職員はビジネスライクな口調で提案した。

「帰国のための渡航書……？」

「はい、出発の前日にお出しすることになっています。いまから必要となる書類の一覧表をお渡ししますのでお待ちください」

職員はカウンターを離れ、慣れた調子で書類を取りに行った。

「最初に言ってくれよ。ビビッた……」

とりあえず、センはホッと胸をなでおろした。


アオイはパン屋《ブーランジェリー》にいた。

日本人旅行者にはまだあまり知られていない高い技術をもった職人がいる地元の有名店を取材するためだ。

パリでは『20メートルも歩けばパン屋にあたる』と言われるほど、おいしい店にはこと欠かない。

そのなかでもこの店は、老舗《しにせ》の風格と職人のクリエイションがほどよくミックスされた、アオイのお気に入りだった。

人気のお店なので、焼き上がったばかりの朝のうちに、人気のバゲットやクロワッサンは売れてしまったようだけれど、復活祭が近いため、店内のあちこちには色とりどりのイースターエッグがディスプレイされて華やいでいる。

アオイはデジタルカメラを構えて、夢中で卵の写真を撮っていった。

撮影が終わるとパン職人の男性が、待ってましたとばかりにイースターエッグについて語りはじめた。夢中でしゃべるそのようすは、一見、強気にまくしたてているようだが、職人の熱意が伝わってきてアオイはうれしくなる。

「大丈夫？　フランス語、わかる？」

途中で気づいたようにパン職人が言う。

「はい。もちろん」

アオイは笑顔で言った。

「大丈夫。これが回っていますから」

安心させるように、アオイはボイスレコーダーを見せた。

パン職人は打ち解けたように笑い、アオイが持っているカメラを指さして、撮ってくれとばかりに自分からポーズをとった。

自信もそうとうにあるのだろう。パリの職人はアクが強くてユニークだ。

アオイのフリーペーパーは大きな発行部数ではないけれど、こころあるパリの職人さんたちは分け隔てなく、取材者の誠実さにこたえてくれる。

アオイはカメラを向けながら、さらに取材に没頭した。


とりあえず、パスポートの件はなんとかなりそうだ。

センは安堵しつつ、日本大使館をあとにした。

そこでハッと思い出し、ポケットから名刺を取り出すと、アオイの携帯番号をコールした。

呼び出し音のあと、録音された流暢なフランス語が流れてきた。

『はい、勅使河原です。ただいま電話に出ることができません……』

たぶん、そんなことを言っているのだろう。

センはメッセージを残そうと、気取って少し咳払《せきばら》いをした。

発信音のあと、センはパスポートの件がクリアになったことを簡単に告げた。

それからセンは表通りに出て、タクシーを拾った。

「どこまで行きましょうか？」

運転手にたずねられて、センはハタと思考が止まった。

予約したホテルの名前がわからない……。

「いや、紙がどこかに……」

センは大急ぎでショルダーバッグのなかを探したが、見つからなかった。

「すみません。行く当てがわからない。降ろしてください」

センは情けなく思いながらも運転手に英語で告げた。

「スズメのやつ！」

乗ったばかりのタクシーをあきらめることになって、センはふつふつと怒りがわいてきた。

旅のガイドブックも含め、大事な書類はすべて、スズメが持って行ってしまったのだ。

怒りにふるえながらスマートフォンを操作していると、やがてやたらと明るいスズメの声が聞こえてきた。

『はい、こちらスズメ！　ただいま電話に出られません。ピーッと鳴ったらメッセージをどうぞ♪　必ずのこしてねっ♪　のこしてくれないとスズメ泣いちゃうよ。ピー』

ピーというのはスズメが、口で言っているのである。

そのあとに、無機質な機械音のピーがつづいて、センの怒りはいきなり沸点に達した。

「このスズメっ！　ドアホ！　お前、泊まるホテル書いた紙持ってってたろ。俺はどこ行けばいいんだっ!?……これ聞いたらすぐ電話くれ！」

一気にまくしたて、怒りにまかせてビッと切った。

センがフウッと気持ちを落ち着けたそのとき、呼び出し音が鳴った。

スズメだ。

「お前っ！　たいがいにしとけよっ！　ナメてんじゃねーぞっ！」

センはスマホに向かって思い切り怒声を浴びせていた。

「あのう……」

アオイは携帯をぎゅっと握りしめ、パン屋の店先で呆然と立ちつくしていた。

いきなり、電話口で怒鳴られてしまった。

彼は、どうやら、そうとう怒っているらしい。

「あの……スミマセン。さきほどお会いした……」

おそるおそる話しかけてみた。

『あ……』

すると相手はなぜか驚いている。

『あ……はいはい』

気を取り直したように彼は言った。

『……アオイさん？　勅使河原アオイさん……』

「あのう、なんか私……」

怒鳴られるようなことをしたかしら？　と聞いてみたいのだが、まあ、考えてみたらそれもしょうがないのかと、一気に気持ちがしぼんでいく。

『あ、いや。違うんです。いまのは。ホント、ちょっと違うっていうか。ぜんぜん違う。誤解……』

「誤解……」

アオイは呆然としたまま相手の言葉を繰り返した。

『……あの、説明させてください。……いや、僕ね、あれなんです。妹が、パリに行くからついて来てくれっつって、いきなりひっぱって来られて……。そのあげく、なんか知らないけど、セーヌ河の横でポイッですよ、ポイッ。……あ、いや、パリには実は妹と来たんですけどね。……って言っても、あ、いや、別にシスコンとかじゃなくって……』

相手は焦ったようにまくしたてた。

アオイはなんとなく事情を呑《の》み込んで、まずは深く呼吸しながら、自分の気持ちを落ち着かせた。

「あの。センくん……。センさん？　えっと、名字……？」

アオイはわざと声をはりあげ、たずねた。

『……八神です』

「ああ、そうそう。それ。八神さん、落ち着いて」

『あ……はい』

「パリには、妹さんといらっしゃった……？」

『……ああ。……はい』

「それも、何か、無理やり連れて来られ、セーヌ河の横でポイッ……と」

『……そうそう。そして、そのあと、あなたと会って、パスポート台無しっていう、わりとふんだりけったりな……』

ふんだりけったりな……!?

アオイはふたたび気持ちがしぼんだ。

『あ、いえいえ。ごめんなさい。いま、笑ってもらおうと思って、ちょっと冗談……』

「ああ、冗談」

アオイはそれを聞いてホッとした。

『はい、冗談です』

センの声が明るさを取り戻した。

「あの、さきほど、お電話いただいてたみたいで」

アオイは安心して、用件にうつった。

『あ、ああ。そうそう。そうでした。パスポートは下りなかったんですが、渡航書というのを、用意してくれるそうなんです』

「渡航書」

『はい。だから、日本には無事帰れます。問題なさそうです。ありがとうございました』

「いえいえ」

アオイはホッとしながら言う。

「こちらこそ、わざわざ知らせていただいて」

『あ、靴……。靴はどうでしたか？　生きてますか？』

「あっ……」

アオイは叫ぶと同時に足元を見た。

「忘れてました。フフ、靴ね、すっかり大丈夫です」

『よかった』

「はい……」

アオイは答えながら、このまま通話を切りがたいような、妙な気持ちになった。

「じゃ」

アオイが言うと、

『また』

センが言った。

「えっ……また？」

アオイは思わず聞き返した。

『あ、いや、思わず……』

「あ……冗談!?　私、冗談わかんなくて……」

アオイはごめんなさいと心のなかで謝った。

電話の向こうで、センはかすかに笑っているようだ。もしかして、アオイの未熟な天然ぶりに引いてしまっているのかもしれない。

「じゃあ、よい旅を」

アオイは大人っぽく明るく告げて、電話を切った。


『よい旅を』

電話がそこでプツリと切られて、センはハッと我に返った。

肝心の用件を思い出したのだ。

「よい旅をつっても、ホテルが……」

センはひとりボヤキつつ、ふたたびアオイの携帯を呼び出した。

「続けざまにすみません……」

『いえ、どうしました？』

返ってきたアオイのやさしい声に、センはホッとして事情を話しはじめた。

「実はですね。その……妹が、ホテルの名前を書いた紙を持って行ってしまったんです」

『あら……』

「僕は路頭に迷っています」

情けなくて、センはわざと大げさに言ってみたが、反応がない。

「……あれ、もしもし？」

電波が悪いのかと、慌てて呼びかけた。

『……いえ。いまのは冗談なのかどうなのか、と』

アオイが戸惑ったようにつぶやいた。

「いえいえ。ちょっと誇張したいくらいなんです。いいです。もう余計なことは言いません」

センはだいぶコツをつかんできたような気がした。アオイと話すコツを。

「いえ、ちょっとさっきの電話の最初の……口の悪さを挽回しようとしてるうちに、自分でもおしゃべりになってる感じがして気持ち悪いです」

センが正直に告白すると、はあ……とアオイは気のないような返事をした。

が、芯から気のないわけではなくて、彼女独特の、なんというかそういう反応の仕方なのだと、センはようやくわかってきた。

考えてみたら、出会った時から不思議な波長のふたりだった。

センは、そう考えると感慨深くなり、すこしの間、黙り込んだ。

「ホテルが――」

ふたり同時におなじ言葉を切り出した。

「あ、すみません、そちらが……」

センは譲った。

『いえいえ、八神さんがお電話くだすったんで……』

「ああ、八神……」

センでよかったのにと思いながらも、まあアオイさんだからいいかと、ふいに心がふんわりほどけた。

「ええ、そうなんです。今日、泊まるはずのホテルの名前が、わからなくなってしまったんです」

『それは……私にもわからない……』

アオイに事実を指摘され、センは慄然《りつぜん》とした。

「そうですよね。当たり前です……」

『ああ……。なんか、八神さん、私に聞こうとしてる感じがして……』

アオイは、まさかね、といった調子で言う。

「いえ……」

センは否定しかけたが、もう、ここは覚悟を決めることにした。

「……実はそうなんです。でも、僕、ホテルの名前はまるっきりさっぱり忘れてしまったんだけど、妹が、そのホテルを選んだ決め手になったことがありまして……」

『あ、はい』

アオイが一生懸命聞いてくれているのが伝わってきて、センはようやく落ち着いて話すだけの余裕がわいてきた。

「あの、〝ウェルカムフルーツ〟ってありますよね、ホテルに」

『ああ、はいはい。お部屋に入ると置いてある……』

「はい。そのホテルでは、フルーツのかわりにお菓子を出すらしいんですが」

『はい』

「それが、ポ……。ポなんとかっていう、今、パリで流行《はや》りのお菓子なんです」

『ポ、なんとか……？』

「ポ……、ポ……」

センはその先が思い出せない。

「なんでも、妹が言うにはシュークリームの進化系のような……」

『あっ、〈ポペリーニ〉！』

アオイがはずむ声で言った。

「あっ、それ！……と言いたいところですが、ごめんなさい。わからない」

『でも、たぶん、それ、〈ポペリーニ〉です。お店の名前。〈ラデュレ〉出身のパティシエールがやってるシュークリームの専門店』

「ラディレ……。ああ、それなんか聞いた記憶が。あれですよね、マコロン？　マコロンの……」

『八神さん。マカロンです』

「ああ……。そういうの、うとくって」

真正面からアオイに指摘され、すみませんとセンは素直に思う。

『フフ。マコロン、ちょっとかわいいけど。でも、大丈夫です。〈ポペリーニ〉なら私、取材したことがあるので、どこのホテルに卸しているか、電話で聞いてみましょう。ちなみに、ホテルは、妹さんのお名前で？』

「はい、妹が予約しました。八神スズメです」

『スズメ……。めずらしいお名前。どんな字？』

「鳴る鈴に、愛すると書いて、鈴愛」

『わかりました。ちょっと待っててくださいね。それではいったん切ります』

「すみません」

センは電話を切ると、まずはフウッとひと息ついた。

アオイさんが親身になってくれて、助かった。

しかし、いったいスズメのやつは、いまごろどこにいるのだろう。

ほんとうなら、いまごろとっくにホテルにチェックインして、その……ポペリーニとかいう店の人気の菓子を、スズメとふたり、食べ終えているはずなのに……。

ふと視線をあげると、センがいま立っている大きな通りの、ずっとその先のドンツキに凱旋門が見えた。

それは大空を背に従えて、息を呑むほど威風堂々としていて美しかった。

凱旋門を見ていたら、センはスズメへの怒りが、多少、吹っ切れてきた。

スズメの旅の付き添い役のつもりでパリにやってきたけれど、妹だってもう24歳の社会人なんだし、あいつにはどこかたくましいところがあるから……。

もしかして、心配しているようでいて、依存していたのは自分のほうなんじゃないだろうか。

センは凱旋門をながめながらそんなことを思い、ふつふつと写真が撮りたい気持ちがまたわきあがってくるのを感じた。

気がつくと、スーツケースに軽く座り込む形で、センは夢中でデジカメの一眼レフを構えていた。

ひとしきり撮ったあと、センはふとデジカメをおろした。

そうして今度はレンズを通さずに、しばらく自分の目でその風景に見とれた。

アオイはセンとの電話を切った後、ラッキーなことに数件電話を入れただけで、みごとにホテル名を突き止めた。

〈ポペリーニ〉はマレ地区にあるシュークリームの専門店で、ミニサイズのシュークリームの上にちょこんとマカロンの帽子を載せたような形の、創作菓子が人気だ。

日本でも大人気のパティスリー〈ラデュレ〉出身のパティシエールが作っていることもあって、〈ポペリーニ〉はこの春、さまざまな女性誌の「パリ特集」でも取り上げられているようだ。

アオイは編集者兼ライターとして、いろいろなジャンルのパリのお店の取材を担当しているが、なかでもパンとお菓子は得意分野で、人脈もだいぶ太くなってきたところだ。

思わぬところでふだんの仕事が役立ったものだ。

アオイはうれしくて、大急ぎでセンに電話を入れた。

『えっ、ホントですか？』

アオイが報告すると、センの声がぱっと明るくなった。

「はい。〈ホテル・ドゥ・ラプセル・ド・ルレアンヌ〉といいます。ホテルに電話で確認したところ、スズメさんのお名前で予約が入ってました」

『……よかった。ありがとうございます』

心底ホッとしているようなセンの声に、アオイは思わず微笑んでいた。

「いえいえ」

アオイは言いながら、この人は素直というか、嘘《うそ》のつけない人なんだなと直感的に思った。

「ホテルはルーヴル美術館のすぐそばなんですが、いま、そこはどこだろう」

アオイはたずねた。

こうなったら最後まで面倒を見るつもりだ。いま、彼のいる場所からホテルまで、アオイは責任を持って誘導しようと思った。

『凱旋門が見えます』

センは言った。

「ああ、それじゃあ、歩いても行けますね。こちらって、なかなかタクシーが拾えないんです」

『そうなんですね』

「はい。歩きますか？」

『かまわないけど……』

センは不安そうな声をあげた。

「私、案内します」

アオイは明るく励ますように言った。

『えっ？　どうやって？』

「電話で」

『いや、でも、申し訳ない……』

「大丈夫ですよ」

アオイは陽気に請け合い、かまわずそのまま続ける。

「いま凱旋門が見えてるってことは……大使館から凱旋門につながる道にいらっしゃるってことだろうか？」

『そうです、そうです！』

センが叫ぶように言った。

「じゃあ、とりあえず凱旋門まで歩いて来てください」

『はい』

センが言うやいなや、石畳の上でスーツケースのキャリーを引きずる音が聞こえてきた。

「……つきました？」

『えっ……。いや……そんな早く歩けないですよ。走っても無理……』

「冗談ですよ。フフ、私もちょっと冗談を言ってみました」

アオイが笑うと、センもつられたように愉快そうに笑った。

いま、センがどこかの道を歩いている間、アオイも電話を通して、彼の旅の時間を共有している。

そう考えると、アオイはなんだか愉快になってきた。

『凱旋門、つきました！』

しばらくして、センのはずむような声が届いた。

「そこに、凱旋門をぐるっと囲む円形の道があるでしょ？」

『あります、あります！』

「そこを左に曲がってください」

『はい……曲がり……ました……！』

「そのまま凱旋門が正面に見えるところまで歩いてもらえますか？」

『はいはい。……しかし、すごい迫力ですね』

センが凱旋門を前にリアルに感心している様子が目に浮かんできて、アオイの気持ちもはずんだ。

「昔の人は、すごいですね」

アオイは言った。

「よくこんなもの作りましたね。観光名所にもなるはずだ。凱旋門から道が四方八方に延びていて、それを上から見ると星のようなかっこうをしているので、星の広場、〈ラ・プラス・デュ・エトワール〉って呼ばれてるんですよ」

アオイがガイドすると、へえー、とセンは感心している。

『あ、正面に来ました』

「じゃ、回れ右……じゃなくて、回れ左してください」

『えと……回れ左って、１８０度ですよ。回転。真後ろ向いてしまいます』

「えっ、そうなの？　違う。違う。90度です。左向け左、だ」

『左向け左、ね。了解』

「正面に大きな通り、見えますか？」

『見えます』

「それがシャンゼリゼ通りです」

『おお、これがシャンゼリゼ通り！』

「はい。とにかくそこをずうーっとまっすぐ歩いてください」

『わかりました！』

「あっ、せっかくなんで、観光案内、つけましょう」

『え？』

「シャンゼリゼ通りは la plus belle avenue du monde、世界で最も美しい通りなんて言われてるの。ルイ・ヴィトンの本店があって、そこもちょっとした名所になってる。よくヴィトン信者たちが本社のビルの写真撮ったり、拝んだりしてます」

『拝むんですか？　あの……それも、冗談ですか？』

「いえいえ。本当に。拝んでますよ」

『なんで？』

「さあ……」

それはアオイにもわからない。でも、そこはステキな大通り。マロニエの並木道は壮観で、有名メゾンの路面店がずらり立ち並んでいる……。

　初めて歩いたときはアオイも感激したものだ。『オー・シャンゼリゼ』を口ずさんだりして。いまではフランス語のほうの歌詞が先に浮かんでくるようになったけれど。

「そろそろ、シャンゼリゼ通りが終わって行き止まりになるかと思うけど」

『ええ。なんか広場が見えてます』

「そこがコンコルド広場。塔が立ってるでしょ？　先のほうが金色の」

『ありますあります』

「オベリスク、っていうんです。なんなんだろうあれは？　エジプトから運んで来たって聞いたことがあります。とりあえずそこを左に曲がって、次を右です」

『はいはい……』

　センの声を聞きながら、アオイは、最初にコンコルド広場を訪れたのはいつだったか考えてみたけれど、よく思い出せなかった。そういえば、コンコルド広場で、マリー・アントワネットの斬首刑（ルイ16世もだが）が行われたのだと知って、ぞっとした……。

『あ、あれ？　もしもし、アオイさん？』

　センの呼ぶ声で我に返った。

「あ、はいはい」

日本語で呼ばれ、日本語で返事をするのもなんだかいい感じだ。

『あ、いや、黙ってるから』

「いえ、とくに観光案内するものもないので」

アオイはそう言ったものの、自分も道を歩きながら、思いがけず観光気分にひたっていることに気がついた。

『あ、そうだ。観光案内もいいけど、アオイさんの話もいいですね。ホテルにつくまで』

センが妙なことを言い出した。

「私の話？」

『アオイさん案内。観光名所としての〈アオイさん〉』

「つまんないですよー、私の話なんて。なんでもない、ただの女です。そちらは……えと、センさんは……。ぷぷっ！」

アオイは思わず噴き出してしまった。

「センさんって、なんかセンマサオみたい……。フフ……あ、ごめんなさい」

『あ、いえいえ。センマサオ。母がファンです』

「不思議なお母様……」

『いやいや。〝お母様〟とかいう感じじゃないんだけど……』

センはもごもごと言いよどんでいる。

「センさんは、何やってるかたなんですか？」

そういえば、センのことを何も知らないことにアオイは気づいた。

『職業？』

「はい」

『カメラマンです』

「へえ、すごい」

『いえ。やっとどうにか食えるようになったって感じですよ。あ、教会が見えてきました』

「はい。そしたら次を右です」

『右、右……。はい右に曲がりました』

「で、馬にまたがった金色の像がありますよね？」

『ありますあります。金色の像』

「その左手がホテルです。〈ホテル・ドゥ・ラプセル・ド・ルレアンヌ〉」

『ああ、着きました……』

目標に近づいて、センが早足になるのが伝わってくる。

『アオイさん、長い時間、どうもありがとうございました』

「いえいえ」

『じゃ……』

「あっ、切らないで……」

アオイは言った。

「そのまま入ってみてください」

アオイが言うと、センがホテルに入ってきた。

「斜め、前方45度」

アオイが言うと、センはキョロキョロとあたりをうかがっている。

『え、まだなんかあるんですか？　ホテルの中に？』

そこで、センの動きが止まった。

アオイは電話を切って、ラウンジの椅子から立ち上がり、ペコリと頭を下げた。

「お疲れさまでした」

センのほうに駆け寄って、アオイは言う。

「ああ……」

その瞬間、センの顔に輝くような笑みが浮かんだ。

ほんとうにうれしそうに笑う人……。

アオイはうれしくなって、笑みが自然に浮かんできた。

「わざわざ来てくださったんですか？」

センはやや息がはずんでいる。

「近くで仕事してたので」

アオイは微笑んだ。実際、それはほんとうのことだった。

「ありがとうございます」

恐縮するセンの両手は、荷物でふさがっていた。

「あ……そうか。大荷物だったんだった」

アオイはいまさらながら気がついた。

「歩かせてしまってごめんなさい……」

「いえいえ、ガッツリ運動になりました」

センは輝くような笑顔で言った。

「あの……もしよかったら、もし、お仕事終わってるなら、晩ごはん、食べませんか？　ごちそうします」

センが言った。

「……てか、正直言って、店もわからないし、連れてってもらえると助かります」

そう言って、センは困ったように笑っている。

「お腹《なか》、空いてるんですか？」

アオイはたずねた。

「はい。機内の朝食以来、食ってないっす」

センが言うので、

「まあ、大変……」

アオイは言いながら、さっそくどこに連れていこうかと思いをめぐらせた。

2

八神スズメはメモを片手に、ミニキャリーのキャスターをやや強引にひきずりながら歩いていた。

石畳のうえをころがるキャスターは、ときどきスキップするようにはずむ。帰りのおみやげが入ってないぶん、軽やかなのだ。

やがて、スズメはとあるアパルトマンの前までやってきた。

南仏風というのだろうか、それはまぶしいほどに陽を受けた白く、瀟洒《しょうしゃ》な建物である。

スズメは外観を見上げながら、少しの間、感慨にふけった。

ここが、パリのド真ん中に兄を置き去りにしてまで目指した、大事な目的地なのだ。

とうとうここまで……。

想像していたよりずっとステキな玄関ドアの前に立つと、スズメは思わず涙が出そうになった。

タクシーですぐ近くまでやってきたものの、地図の読めない典型的な女子を自認するスズメは、だいぶ迷ってしまった。

が、そうして迷うことすら、いまのスズメには、意味のある旅の儀式という感じにも思えてくるのだった。

スズメは、ドキドキしながらチャイムに手を伸ばした。

寒くもないのに、ミニワンピースの下の、なま脚がふるえてしまう。

「…………」

チャイムを押したが反応がない。留守なのだろうか。

スズメは意を決して、もう一度チャイムを押し、ようすをうかがってみたけれど、中で人の動く気配はない。

いや、もしかすると部屋がものすごく広いのかもしれないし……。

そう思ってスズメは、もう一度ゆっくりとチャイムを押した。

「…………！」

ガチャッと、いきなり扉が開いたので、スズメはやや後ずさった。

そして、驚いた。フレンチブルドッグのお面が、狭く開いたドアからスズメを見つめている。

「ウアウア」

犬のお面の人は言った。

その声を聞いて、スズメの心臓が、瞬間きゅんとときめいた。

「知ってる？　ウアウア。フランスの犬の鳴き声」

なつかしいカンゴの声だ。大好きな……。

「来ちゃいました……」

スズメはうわずる声で懸命に言った。

「……淋しくて来ちゃいました」

立ち尽くすスズメのまわりを、カンゴはお面をかぶったまま、子どものようにウアウア言いながら、犬っぽくウロウロ歩いている。

スズメはカンゴの前に立ちはだかって、犬のお面を取り去った。

すると、待ちこがれていたスズメの王子様がお面の下から現れたのだ。

王子様は、切れ長の目を細めて微笑んでいる。

スズメは目を潤ませ、彼をじっと見つめた。

「ようこそ」

カンゴは笑顔で言い、スズメを家へと招き入れた。

「かんぱーい」

ふたつのシャンパングラスの縁が、ややためらいがちに合わさった。

クリスタルグラスの振動が心地よい。

センはいま、とあるビストロ風レストランに来ている。

とある、というのは、アオイに連れてきてもらったものの、フランス語の名前が長くて覚えられないからだ。

センはやっとの思いでたどり着いたホテルでチェックインを済ませ、荷物を預けて、アオイと一緒にディナーに繰り出した。

外はまだ明るい。この時期のパリの日没は8時くらいだとアオイは言う。

こうして陽の射し込むレストランで、きりりと冷えたシャンパングラスを傾けていると、センはなんだか優雅な気分に充《み》たされた。

「パリにようこそ」

アオイが微笑んで言い、シャンパンをくいっとひと口飲んだ。

テーブルをはさんであらためて向き合ってみると、彼女はほんとうに美しい人だとセンは思った。

しかも、やさしい……。

「いろいろ助かりました」

センはあらためてアオイに礼を言った。

朝の機内食以来何も食べていないので、いま口にしたばかりのシャンパンが胃にしみいるようだ。

どうやらここは、それほど敷居の高いレストランではなさそうだけれど、完全にカジュアルというわけでもない。ざっと周囲をながめると、なんてことなくグラスを傾けているように見える男女が、テーブルの下では親密そうに膝をくっつけ合っている。

さすが恋愛の国……と思いつつも、飛び交っているフランス語に、センは自分だけが場違いのように思え、心もとなくなってきた。

センは今日、出会い頭も含めて、アオイにさんざんなところばかりを見せている。

妹にはパリまで来て翻弄され、今年30歳を迎える男として、これはどうなんだろう。

まあ、いい……。妹のことは忘れるとして、これは自分についてじっくりと考えを深めるいい機会なのかもしれない。

ギャルソンが優雅な身のこなしでオードブルを運んできた。センはわからないフランス語に恐縮しながら、アオイの通訳で、料理の説明を聞いた。

「あの……」

センはギャルソンが立ち去った後、小声でアオイに切り出した。

「最初に言っとくと俺、スマートな会話とかできそうにないです」

センは自分でも意外なほど、まっすぐに本音を語っていた。

「はい？」

アオイはきょとんと小首を傾げた。

センは焦った。外国生活が長そうなアオイには、自分の未成熟な男っぷりは通じないのかもしれない。

「あの、アオイさん、すげーキレイだし……。俺とか、なんでもないし」

センは気がつくと、かなり卑屈なことを口にしていた。

「なんだ、それは……」

アオイはつぶやいて、グラスにのこっていたシャンパンをぐいっと一気に飲み干した。

「……飲もうか」

アオイがセンのほうにやや身を乗り出して言った。

「いろいろ、めんどうくさいから飲んじゃおう。そしたら、ちょっと楽チンになるよ」

「はあ……」

センは大人な感じのアオイの言葉に気圧《けお》されてしまった。

「私は私で、まあ……なんていうか、ずっと同じところでぐるぐるぐるぐるしちゃってる、ぜんぜんイケテナイ女なわけです」

アオイはやさぐれたような口調で言った。

「はやっ。もう酔った？」

センはいきなり口調が滑らかになったアオイの本音に戸惑った。

「だって……」

アオイはいじけたような上目遣いでセンを見ている。

「セン……って呼んでいいんですか？」

「いいんですよ」

センはオードブルをつまみながら答えた。

「そちら、カメラマン……でしょ？」

「いやだから、センで……」

アオイが言う。

センは苦笑しながら、次になにが語られるのか、ちょっぴりわくわくしてきた。

「私は……しがないフリーペーパーを……あっ、私が作ってるフリーペーパー見ます？」

「ああ、はい。しがないわりに見せるんですね」

「え？」

「いえいえ」

センはおかしくなってきた。時差ぼけなのか、それともシャンパンのせいなのか、かみ合っているようでかみ合っていないような会話をしながら、センは緊張がほどけてきた。

アオイは大きな革のバッグからフリーペーパーを取り出して、センに差し出した。表紙には『Lanterne』と書いてある。

「〈ロンテーヌ〉と読みます。ランタンって意味です。こちらにいる日本人が迷わないように……」

アオイはランタンを手に持つようなしぐさをした。

「ああ、まさに僕にぴったり」

センはフリーペーパーをぱらぱらとめくった。

「それ、よかったらどうぞ」

アオイは言った。

「お店とかの紹介もあります。今日もあなたに会ってからその取材だったんですよ」

「何取材されたんですか？　美味《おい》しいレストランとか？」

「卵」

アオイがボソリとつぶやいた。

「卵？」

「イースターエッグです。ほら、卵の殻にペイントしたやつ」

「ああ、ありますね」

「写真撮ってきました。見ますか？」

「ぜひ」

センが言うと、アオイはデジカメの画像を液晶画面に呼び出して、いくつか見せてくれた。

パン屋の店内をさまざまなアングルで写している。

「へえ……キレイだ。写真も撮って文章も書くんですね」

センがほめると、アオイは唇に苦笑を浮かべた。

「はい。経費節減のおり、カメラマンが雇えませんので」

「なるほど」

「八神さんの写真、見たいです」

アオイはデジカメをバッグにしまいながら言った。

「いいですよ」

今度はセンがショルダーバッグからデジカメを出して、液晶画面を見せた。

「あ、かわいい……」

画面を見て、アオイの表情がふわっと和らいだ。

「妹のスズメです。決め顔がヤな感じでしょ？」

センは言った。画像は、スズメが、ノートルダム大聖堂を背に大げさなポーズをとっているところだ。

「あっ、私、知ってます。〝ドヤ顔〟って言うんですよね？　そういうの」

「……えと、じゃっかん、ニュアンスが違うような」

センは違いを説明するのも難しい気がして、その先を言いあぐねた。

「そうですか……」

アオイは見るからにしゅんとしている。

「ああ。日本にいないとそういうの、わかんないですよね。微妙な感じとか」

センは言ってから、そこでハッと気がついた。

おそらく、アオイのほうが自分より年齢が上なのに、あまり気にしないでしゃべっている自分にセン自身驚いたのだ。

「そうなんです」

　アオイはあっさり認めて、屈託なく笑った。

「浦島太郎になっちゃう。……えっ、八神さんも、海外に住んでたこと？」

「いえいえ、ないですよ。ただ、僕は、日本にいても、いつもどこか浦島太郎なんです。なんとなくこう……世間についていけてない、というか」

「ああ……」

　アオイがクスッと面白そうに笑った。

「なんですか？」

　センは自分から自嘲《じちょう》気味に言ったくせに、ややムッとしてしまう。

「ちょっとわかる感じが」

　アオイはなにを想像したのか、くくっと笑っている。

　センは、不思議とイヤな感じがしなかった。

「でも、妹さん、ホントかわいらしい」

　アオイはデジカメをもう一度見て、しみじみ言った。

「いったい、どこで何をしてるのやら……」

　センは肩をすくめながら、やっぱり心配になってきた。

「ヌード……」

スズメは呆然とつぶやいた。

カンゴのアパルトマンにいる。カンゴが借りている2階の部屋はゆったりとしたワンフロアのアトリエだった。

スズメは落ち着かず、部屋のなかを探検するように歩き回った。

陽当たりのいい、明るい部屋だ。壁が真っ白なのも、よけいに部屋を明るく見せている。

部屋の中には、そこらじゅうに油彩の道具が散乱していて、デッサン用の石膏《せっこう》の塑《そ》像《ぞう》なども置いてあったりして、絵を描くことが中心の生活であることがわかる。整頓されてない雑さがなんとなく男の生活といった感じで、スズメは少しだけ安心した。

カンゴは半年前に日本を離れて、ここに生活を移した。スズメは実際に彼の部屋を見て、画家志望のカンゴが絵を描くことに夢中になっていることはわかった。

が、いろいろなサイズの女性のヌードの絵が何枚もたてかけられているのはどうしたことだろうか。

明るい髪の色の女性だ。すべて同じ女性のよう。しかもフレンチ……。

「これ……最近の絵？」

「……まあ」

ごまかすように笑うカンゴに、スズメは「何よ」とつっかかった。

「なんだよ」

カンゴはソフトにかわして、まったくひるまない。

「なんでも」

スズメは負けてしまいそうになる。

彼の腕の中におさまって安心してしまいたい欲求に。

でも、そうなる前に言いたいことがたくさんあるのだ。

カンゴは冷蔵庫からビールのボトルを出してきて、ゆったりとした革製のひとりがけソファに座って飲みはじめた。

スズメも隣の椅子に腰をおろし、カンゴのボトルを奪い取ってひと口飲んだ。

「ねえねえ、これ面白くない？」

カンゴはスズメの前に、太陽の光を浴びるとパタパタと手を振る、へんてこなオバサン人形を置いてみせた。

スズメは気に入らなかった。まるで子どもでもあやすみたいに、カンゴはスズメに人形を差し出したのだ。

〈エリザベス〉と名付けられたオバサン人形は、どこかの国の女王様に似ている。パステルカラーの長袖ワンピースを着ていて、黒いハンドバッグの部分にソーラー電池が埋め込んである。そこからエネルギーを得たオバサンは白手袋を嵌《は》めた手を半永久的に振り続けるのだ。

オバサン人形はここではないどこかに張り付いたような笑みを向けていて、彼女はいったいなんのために、なにに向かって手を振っているのか。もしかして、なにかを、誰かに、伝えたいんじゃないだろうか。

「どしたの、それ」

スズメはわざと冷たい目でたずねた。

「散歩してて買った」

カンゴはさらにふざけて、人形の手をスズメの体のあちこちに押し付けてくる。もぞもぞ動くオバサンの手がくすぐったくて、「アホ」と冷たくあしらいながらも、スズメは最後にはぷっと吹き出してしまった。

また負けてしまいそうだ……。

「来ないの？　こっち」

カンゴが笑みを浮かべて、自分の横のスペースを示した。

「もったいないじゃん」

スズメは一蹴した。

「一気に行ったらもったいない。日本とパリ、およそ1万キロメートル。飛行機で13時間、船なら、11日。車なら、時速40キロで285日。自転車なら、およそ2年。歩いたら、6年。私とカンちゃんは、そんなに離れてたんだよ」

「なんだよ、それ、調べたの？」

カンゴはやさしい笑みでスズメを見つめる。

「……調べたよ」

スズメは声が小さくなる。

「歩いたら、6年！　歩いて来たら、来る間に、6歳、歳とっちゃうね！」

カンゴはツッコミを入れて、ウケている。

「笑いごとじゃないっ！」

スズメは憤慨した。

「すんません」

カンゴはしゅんとしたふりをしている。

「そーんなに、離れてたんだよ。それが、今は、間、1メートル……ないね。40センチ。奇跡。すぐ触ったりしたら、もったいない」

スズメはやや離れながら言う。

「……そう。じゃ、俺からいっちゃおうかな……」

カンゴは立ち上がって、猫でもつかまえるような手つきで、スズメのほうににじり寄ってくる。

スズメは立ち上がって、窓のほうに逃げた。

「な〜んて、ウソー！」

カンゴは笑って手を下ろした。

「スズメ、そういうカンちゃんの意地悪、慣れた」

言いながら、ぷいっとすねて、そっぽを向く。

「何よ、それ」

カンゴはスズメのそばに寄り添い、肩を引き寄せ、やさしく抱きしめた。

カンゴの広い胸に、スズメはすっぽりと居心地よくおさまってしまう。

負けた……。

スズメは抱きしめられながら思った。カンゴの手には魔法がある。でも、負けたほうがうれしいなんて、これは悪い魔法なんだろうか……。

「うわ、すごい――」

センはその夕景に感嘆の声をあげた。

セーヌ河沿いの歩道で、パリの夕暮れの光景に見とれている。

アオイはうれしかった。これを彼に見せたくて、ビストロでの食事を早めに切り上げたのだ。アオイは心地よいほろ酔い気分で、センを導くようにゆっくりと道を歩いた。

夕暮れのセーヌ河はオレンジ色の夕陽を水面にちらつかせながら、静かに流れている。見上げると雲のきれぎれにも今日最後のひかりが反射している。

河沿いの遊歩道には多くの人たちが集まっていて、みなそれぞれに夕暮れをたのしんでいる。暗くなるにつれて、周囲の建物のオレンジ色の灯《ひ》が少しずつともっていくのも風情がある。

セーヌ河の周辺はエッフェル塔も含めて、世界遺産に登録されている。ちょうどいま日没の時間を迎えつつあるセーヌ河は観光客であふれていて、水上クルーズの舟も多くの人を乗せてすすんでいく。

アオイは、昼間にセンと出会ったのも同じ河沿いだったことを思い出し、いつだって自分の生活がセーヌ河とエッフェル塔に見守られているような気がした。

「撮らないんですか？　写真……」

アオイはセーヌ河にかかる橋のうえでふいに足をとめた。

「肉眼で。脳内シャッターです」

センは笑みを浮かべ、セーヌ河にみとれている。

「そっか。心でシャッター切ってんですね」

アオイはサラッと言った。

ふたりは橋の上にたたずみ、沈んでいく夕陽をただながめた。

河沿いの遊歩道に集まっている人たちは、時折り愉快そうな声をあげている。が、アオイにはタ暮れが少しばかりもの哀しく映る。なにごともひとつのところにとどまっていてはくれない。とどまらないからこそ朝もやってくるのだけれど、隣にいるセンも、数日後にはパリにいないのだ。

でも、とアオイは思う。セーヌ河とエッフェル塔はいいね。いつも同じ距離感で、互いを見守っているような……。

顔がほてったように熱くなってきた。それほど飲んではいないのに、飲んだ後に歩いているから、すこし早く酔いがまわってきたのかもしれない。

センはなにを思っているのか、神妙な面持ちでセーヌ河をながめている。

見たところ、彼は……30歳くらいだろうか。

若さを特権のように扱う日本とは違って、年齢を熟成と考えるのがフランスの流儀で、アオイもいつのまにかそれに馴染んでいる。

でも、やっぱり彼は若い。言葉遣いのギャップを、彼はアオイの長い海外暮らしのせいにしてくれているけれど……。

まあ、それも、べつに、いっか。

「もう一軒、行こうかなー」

アオイは橋の欄干《らんかん》にもたれて、歌うように言ってみた。

ひとりごとを装いながら、アオイはセンの反応を待っている。

「え?」

センはまるで聞いていなかったのか、微妙な表情で聞き返してきた。

「え、いえ……。まだ、早いし、もちょっと飲んでこうかなって」

言い訳のように説明した。

「ああ。僕も、もうちょっと飲みたい気が……」

センが言った。

「あ……じゃあ、もしよろしかったら、ごいっしょに。私、ごちそうするよ!」

最後はタメ口で勢いよく言うと、センはやや困ったような目でアオイを見ている。

「いえ、ごちそうします……」

アオイは気持ちを巻き戻すように、ていねい語に戻して言う。

「……します。せねば。しましょう!? あれ、五段活用できない」

「アオイさん、酔ってますね？」

センが言う。

「いえ、浮かれてるんです。たぶん」

ぬけぬけと本音をまぎれさせてみる。

「浮かれてるんですか？」

「だって、なんかちょっと楽しくないですか？ これ？ 知らない人のパスポート踏んで、ヒールが折れた日に、その人とお酒飲んでる……」

「僕は、そうとう楽しいです」

センはふわっとした、例の、子犬の笑みで言う。

アオイはつられて笑った。

理由のない笑いの行ったり来たり。それはいいことが起きるしるしだ。

「じゃあ、行っちゃいますか!?」

アオイの気持ちは勢いづいた。

「行っちゃいますか！」

センは同調して河に向かって叫んだ。


センは不思議な気持ちだった。

スズメとふたり、初めて訪れたパリで、まずはベタなところから観光するつもりでいたのだが、いろいろあってパリ在住の女性と出会い、これから彼女いきつけのバーに繰り出すところだ。

そのバーはこぢんまりとした、落ち着いた雰囲気の店だった。

照明は暗く、キャンドルの灯がところどころに置いてあり、ゆらゆらとしたまたたきが天井にうつっている。

カウンターもあったが、ふたりは壁際のテーブル席に落ち着いた。

ギャルソンがやってきてメニューを説明した。

「じゃ、俺はこれを」

センはよくわからないが、とりあえずビールというのももったいないような気がして、その店のオリジナルカクテルをオーダーした。

「それ、強いですよ。大丈夫ですか？」

アオイがお姉さんのように言った。

「はい」

「じゃ、私はこっちで」

アオイはギャルソンにオーダーした。

「ちょっと、いいですね、ここ」

センはあたりを見回した。壁にはネイティブアメリカンの女性のモノクロの写真が飾ってあったりしてアートな雰囲気もあり、〈大人の隠れ家〉という言葉が心に浮かんだ。

「ホント？」

アオイがうれしそうに身を乗り出した。

「いつもいらっしゃるんですか？」

センはたずねた。

「あれ、なんで敬語？」

「こんなバーに一人で来るような人だと、気後れします」

センはぼそっとつぶやく。

「初めて来ました」

アオイは小声で言った。

「この前、取材で来ただけです」

アオイの言葉に、ほっとするセンがいた。

そこに、カクテルが運ばれてきて、ふたりはふたたび軽く乾杯をした。

「あ、うまい」

センはひと口飲んで感動した。

「え、ホント？」

アオイが興味津々の目でセンのグラスを見ている。

「飲んでみますか？」

センはグラスをすすめた。

「ホントだ。美味しい」

アオイは言って、残念そうに自分のほうの赤い液体が入ったカクテルグラスを見ている。

「どうぞ」

センがすすめると、アオイはそのままさらにグイグイッと飲んだ。

「なんなら、交換しますか？」

「いえいえ。これ、美味しいけど、強いし」

アオイはセンのカクテルを返して、自分のを飲み始めた。

「……私、妹さんの話、もっと聞きたいです」

アオイは唐突に言い出した。

「え、あんなのの話が面白いですか？」

「だって、自由奔放って感じで、思うがまま、どこへでも、飛んでっちゃいそうで、うらやましいです。なんてったって、名前、スズメだし。私もそんな名前だったら、もっと軽やかだったかなあ……」

アオイの言葉が、センには意外だった。

パリで長い間一人暮らしをしている女性、というだけで、センにとっては十分に軽やかに思えたのだ。

「あっ、でも、どうして、スズメさんは、お兄さんとパリに来て、別行動なんでしょうね。だったら、ハナから一人で来れば——」

アオイがいきなり、ことの本質に切り込んできた。

「じゃあ……」

センはもったいぶった間で前置きした。

「あんまり話したくないけれど、話しますね」

「えっ、いえ、話したくなければ……」

「いや、この際、言いたい感じです」

センは身を乗り出した。

「どっちなのよ」

アオイはやさしく笑っている。

それで背中をおされたように、センは、話しはじめた。

「妹は、有無を言わさず兄である俺をパリに連れて来たのです」

「費用はこちら持ちですか？」

「いや、そこはあいつも社会人なので、払え、と。死守しました。費用はギリギリ折半です」

「はあ……。で、なんで、お兄ちゃんを連れて？」

「ゲンかつぎなんです」

「ゲンかつぎ？」

「そう。妹は、勝負の日には、いつも僕を呼びます。僕は、呼ばれる。大学入試。就職試験。古くは、小学校のリレーの決勝。最近では、飼ってるハムスターの手術の時も呼ばれました。俺が近くにいると、勝率高いらしいです」

「はあ。……で、お兄ちゃんは呼ばれる度《たび》にいそいそと」

「いそいそではありません」

センはややムッとした。

「いや、ごめんなさい。あんまり妹さん、かわいいから」

「そういう生易《なまやさ》しいものじゃないんです。ことの発端は彼女の誕生のとき……」

「誕生のとき……。生まれたとき、ですね」

「生まれた……生まれる……その真っ只中です」

「ハイ。あ……、なんかちょっとドキドキします」

「それほどのことでもないですが、つづけますね」

「どぞ」

アオイが先をうながした。

「僕の母親は、スズメを産む時に切迫流産とやらになっていて……ギリギリの出産だったんです」

「はい」

「五分五分いや、６：４で流れるかも、と医師には言われていました」

「ええ……」

「で、予定日よりずいぶん早く破水してしまい、緊急分娩することになりました」

「はい」

「実際のところ、ほぼダメだろう、ということだったようです」

「ええ……」

アオイはぐっと固唾《かたず》を呑んだ。

「父は病院にかけつけ、僕は、おばあちゃんの家に預けられていたのですが、母が僕を呼んだんです。妹が……まあ、そのとき、女の子だともうわかってたわけですが、妹が、お腹の中の妹が、お兄ちゃんを呼んでる気がする。だから、センをおばあちゃん家《ち》から呼んでって」

「…………」

「僕は母が入院している病院に連れていかれ、母の出産の間じゅう、廊下のような待合室のようなところで、座って待っていました。7時間くらいずっと」

「そう……」

「妹は、無事に生まれました」

「よかった……」

アオイは目をうるませている。

「その話をですね。何回も何回も母親がするわけですよ。僕とスズメに。完全に刷り込まれてしまいました。私たちキョウダイは……」

「はあ……」

「だから、僕は、彼女が何か勝負をする度に呼ばれるんです。ある年齢になると、その案件が何かも知らされなくなりました。僕は、ただ呼ばれて、近くに置いとかれるのです」

「……はあ。っていうことは、いま、妹さんは、パリで何か勝負を……」

「はい。たぶん……」

「……パリで、勝負。なんだろう」

「なんでしょうねえ」

センはどこかにいるスズメに思いをはせた。

「お守《まも》り兄さん……」

アオイがぼそっと思いついたように言う。

「なんですか？　それ」

「いえ、なんか……。お守りとしての、兄さん？」

「あ、そういう意味では、僕、すごいですよ。太宰府から神田明神まで……。安産祈願、学業成就、就職祈願……恋愛成就。あ、でも、今回は恋愛系の感じがしますね」

「なんか、拝みたくなりますね」

「え？」

「拝んでいいですか？」

「ええっ？」

ひるむセンにかまわず、アオイは本気で目を閉じ拝んでいる。

「え、ちょっとアオイさん」

アオイは拝んだ手のまま、かくんと眠りに落ちたように頭を揺らした。

「ああ……酔った」

アオイはすぐに頭をしゃんと戻したが、目が据わっている。

「あ、ちょっと……。これ、飲んだ……？」

いつの間にか、センのグラスは空になっていた。


「……ねえ、夜」

スズメはベッドのなかでふいに言う。

「ん……？」

背中越しにスズメを抱いているカンゴが言う。

ふたりはわずかな隙間をも追い出すかのように、お互いの体をぴったり寄り添わせている。

「今、夜」

スズメはつづけた。

「まさに」

カンゴが耳元でささやく。

半年ぶりの密着タイム、とスズメは思った。

「知ってた？　パリ夜だと、日本朝なんだよ」

スズメはベッドマットのうえではずむように、カンゴのほうに体を向き直らせた。スズメはまったく眠くなかった。

「時差あるからね」

カンゴは眠いのか、反応がゆっくりになってきた。

「カンゴと、同じ夜にいられる。しあわせ」

スズメは言ってみたものの、なんとなくうまく自分の気持ちに迫れていない気がした。

「俺も」

カンゴが言ったけれど、スズメの心にはやや投げやりなトーンで響いてしまう。

「ホントかよ」

スズメはそっとつぶやいた。そしてその言葉は、部屋の闇の中、スズメ自身にもはねかえるようだった。

「え？」

カンゴは聞いているのか、いないのか。

「なんでもない」

スズメは自分の唇をふさぐように、カンゴの胸に顔をうずめた。


「酔っぱらっちゃった……」

アオイは公園にふらふらと立ち入り、ベンチを見つけて寝転がってしまった。

「アオイさん、ダメですよ、そんなところで寝ちゃ――」

センはベンチから起こそうとしたが、どうやら自分の足では歩けなさそうだ。

とりあえずバーを出たものの、アオイはだいぶ酔っぱらっていて、足元もおぼつかない感じである。

大人の女性なのかと思ったら、意外と子どもっぽいところを見てしまって、センは驚いていた。

空には月が出ている。

センはこうしてパリの街中で、酔っぱらった女性を介抱している自分が不思議だった。東京では車で移動することが多いセンには、こうして時間を気にせずゆっくりと、知らない街を歩くのも新鮮だった。

見ると、アオイの髪に、月光が舞い降りている。

目を閉じているアオイも美しい。

いやいや、そんなことを思っている場合ではない。このまま眠ってしまわれたらどうしたものか。風邪をひくかもしれないし。

センは考えて、酔って動けなくなったアオイを背負うことにした。

うーん……とアオイはうなったが、されるままになっている。この無防備さ、放っておけない感じがする。

「……そこの大通り出たら、タクシー捕まるんで――」

アオイはいきなり目を覚まし、センの耳元で大声を出した。

「はい……」

センはやれやれと思いながら、了解した。

「ふっ、思ってるでしょ……」

アオイがふいを突くように言う。

「俺、何、知らない国に来て、知らない女おぶってるんだろうって」

「……思ってませんよ」

センは図星を突かれたが、一応否定した。

「そう……。さて、じゃあ、私はいま、何を思っているでしょう？」

アオイは子どものように問いかけてきた。

「……わかんないですよ」

センは答えた。酔っぱらいの質問が不思議と嫌じゃないのは、もしかしてじゃっかん自分も酔っぱらっているせいだろうか。

「人の背中ってあったかいなあ……って、思ってるのよ」

アオイの声はかすれて細くなり、あとにはしんみりとした沈黙が流れた。

センは背中の声を聞きながら、心がほどけていくような、なにかあたたかなものが流れ込んでくる気がした。

「あ、もう大丈夫。おろして――」

アオイは言うが早いか、センの背中から飛び降りようと足をばたつかせた。

その勢いをまともにくらって、センの体が傾くと、アオイはゴロリと重量のある音をたてて、地面に転がり落ちた。

「あれ。みっともないね？」

アオイは地面に座り込んで言った。

「いや、俺が付き合わせちゃって……」

センはペコリと頭を下げた。

「ううん、ごめんなさい」

アオイもペコリと頭を下げたので、ふたりはその拍子に、いやというほどガツンと頭をぶつけ合った。

「アタ……」

センはそれで一気に酔いが醒めたような気がした。

アオイは額《ひたい》のあたりを押さえてうめいている。

「大丈夫？」

センはアオイの額を指で触った。

「大丈夫そうだ……」

一瞬センは、アオイとまともに目が合って、ドギマギした。

「たいていのことは、大丈夫よね……」

アオイはぼそっと言って目をそらし、ふらふらと信号のある通りを反対側へと渡って行ってしまう。

方向はそちらでよいのか。センは危なっかしいアオイをヒヤヒヤしながら追いかけた。

すると、急に信号の向こうでパカパカと明滅する光がある。

「あ、ここからエッフェル塔が見えるんだ……」

アオイが指差すほうを見ると、その光の元はエッフェル塔だった。

「へえ……」

センは感動した。

夜のエッフェル塔は、ちょっきりの時間に5分間、ダイヤモンドフラッシュともシャンパンフラッシュとも呼ばれるキラキラ明滅する照明になる。センはガイドブックで知ったけれど、実際に見てみると感動するものだ。

「すごいな……」

センはアオイと並んで、しばらく黙ったまま、心にそのひかりの残像を刻みつけた。

「どう？　パリ観光は……」

フラッシュが終わった頃合いに、アオイが口を開いた。

「オツですねえ」

センは答えた。東京にもタワーや隅田川があるけれど、旅で見る光景はまた格別だった。

「日本に……帰りたいなあ」

アオイがセンの隣で唐突につぶやいた。

「え？」

センは思わず聞き返した。思いがけず真摯《しんし》な声だった。

「東京タワーは元気かなあ……」

アオイはぼそっとつぶやいた。

センは深いところに隠れていたアオイの本音を聞いてしまったような気がして、なんだかせつなくなった。さきほどのバーで、もっとアオイの話を聞けばよかったと思った。

彼女に対してなにもコメントできないまま、そこに空車のタクシーが通りかかった。

「あ、アオイさん、タクシー、来ました」

センはホッとする思いで手を突き出し、タクシーをとめた。


「アオイさん……」

センはタクシーに乗り込むと、アオイの体を必死に揺すった。

なんとかタクシーに乗ったまではよかったのだが、アオイはセンの隣でユラユラと心地よさそうに眠ってしまっている。

センは運転手に行き先をどう告げたらいいのか途方に暮れた。

「アオイさん……ウチ、どこですか？　住所！　住所、言って」

センはアオイの耳元で大声で叫んだ。

するとアオイはぱちっと目を見開いた。

「えと、……世田谷区駒沢……5の……」

アオイはここではないどこかを指差しながら先を言いよどんでいる。

「アオイさん、ここパリです……」

センは絶望的になりながら、そっとささやいた。

「冗談です」

アオイはかっと目を見開き、ふにゃっと笑った。

「なーんて、言ってみました、フフ。受けました？」

「……受けましたじゃなくて、本当の住所――」

センは言ったが、アオイはふたたびくったりとシートに身を沈め、目を閉じてしまった。

「……アオイさん」

本格的にセンが困り果てたそのとき、「ベルヴィルまで」とアオイがフランス語で運転手に告げた。

ベルヴィル。それはいったいどこなのか、センにはさっぱりわからない。が、運転手には通じているようで、とにもかくにも、タクシーは走り出した。

そうこうしているうちに、タクシーは目的地のあたりに近づいたようだった。

ほんとうに、いったいここはどこなのだろうか。

車窓を流れていく景色をセンは呆然とながめた。

正直、アオイの家に近づいているのか、遠ざかっているのか、センにはさっぱりわからない。まったくわからないままに乗っているタクシーほどつらいものはないと、センはひとつ教訓を得た思いだ。

やがて、アオイは住宅街の一角に来たとき、奇跡のようにカッと目を見開いてタクシーをとめ、さっさと降りてしまった。

土地勘を取り戻したのか、アオイはセンの前をさっさと歩いていく。

アオイのあとを追いかけるように、センはひたすらついていった。

「ただいま～！」

アパルトマンの共有らしい入口で、アオイは元気よく言ってから、中に入っていく。

「……すみませーん」

センは謝るように言いながらあとに続いた。

「誰もいないですよ。一人暮らしです」

アオイは中庭を歩きながら真顔で言う。

「でも、ただいまって……」

「一応、家に帰ってきたので、ただいま～！　ですよ」

アオイはまだそうとう酔っているようだ。

「てか……、ここ本当にあなたの家ですか？」

センがたずねると、

「え、なんで？」

アオイはムッとして、バッグに手を突っ込み、玄関の鍵を探しはじめた。

「タクシーの運転手もテキトーに降ろせば、あなたもあなたでヨタヨタしながらテキトーに歩いて来た感じで……」

センはなかなか鍵を見つけないアオイの後ろに立ち、ぶつぶつ不平をこぼした。

アオイはバッグにいろんなものがゴチャゴチャ入っているせいで、なかなか鍵にたどりつけないようだ。

センは彼女が、取材用のカメラをとり落としたりしないかとヒヤヒヤした。

ようやく彼女の指先が鍵の束を探し当てたようだったが、バッグからとり出したとたん、床に落としてしまった。

「どれですか？」

センは束を拾って、３本ある鍵をひとつずつ鍵穴に入れて確かめた。

「これ他人の家だったらどうしよう……」

センは言いながら、最後にのこった3本目の鍵を試した。まったく、パスポートもダメになり、さらにパリで不法侵入なんてことになったら、シャレにならない……。

「あ、開いた！」

センは叫んだ。

「アオイさん、開きましたよ。ここ、あなたの家ですよ！」

センは壁にもたれて待っているアオイに告げた。

「我が家へようこそ～！」

アオイは誰に言うでもなく言って、ずかずかと部屋に入っていった。

なかは、十分な広さのある、陽当たりのよさそうな部屋だった。

インテリアはいろいろなテイストがミックスされ、さりげなくステキで、壁には絵や写真がたくさんかかっている。

それらがどんな作品なのか、明るいところで見てみたいな、とセンは思った。

「あ、いやいやいや……。俺は帰りますんで！」

センは玄関口に立ったまま慌てて自分の考えを打ち消すように言ったが、どうやらアオイはリビングにある大きなソファに倒れ込んで、すうすうと寝息をたてている。

「風邪ひかないように……ちゃんとお布団かけてくださいねー！」

センは踵を返し、忍び足でアオイの部屋を出た。

外は真っ暗だが、時折り若者の雄叫《おたけ》びのような声がどこかの窓から聞こえてくる。

センは通りに出て、タクシーを捕まえようとして、ハタと重要なことに気づいた。

センは焦りながらアオイの部屋に戻ってチャイムを鳴らした。

「はい……？」

扉はすぐに開き、アオイは乱れ髪でうっとうしそうに出てきた。

「あ、すみません。あの……ホテル、僕のホテルの名前……なんでしたっけ？」

センは恐縮しながらたずねた。

「僕、アオイさんに案内してもらって、チェックインしたあのホテル……、名前、なんでしたっけ？」

「……オテル・ムーリス。一回、泊まってみたい……」

アオイはむにゃむにゃ言いながら、ニヤリとした笑いを唇に浮かべている。

「いや、そうじゃなくって……」

センが困っていると、アオイはとうとう本格的にバテたのか、くたりと壁にもたれて眠ってしまった。

「アオイさん……。アオイさん……？　こんなとこで寝ないで……」

センはアオイを揺すりながら必死に呼びかけ、どうしたものかと本格的に困り果てた。

3

「あれ……。ん?」

アオイはソファの上で目を覚ました。

どうして私はこんなところに?　アオイは訝《いぶか》りながら、昨日家を出た時のままのワンピースで寝ていることに気がついた。

「私、きのう……」

アオイはむくっと上半身を起こして、懸命に思考をめぐらせた。

「なんだっけ……」

顔をさわってみるとメイクをしたままだった。

「ああ、またやっちゃった……」

いったい何年女子をやってるのだろうかと自己嫌悪に陥ってしまうが、気を取り直して顔を洗おうと起き上がった。

コーヒーテーブルに、何やらメモ書きがあるのに気づいた。

『すみません。道に迷ってしまいました。指一本触れてません。　八神千』

子どもが書き散らしたような雑な鉛筆の文字が、メモ用紙に綴ってある。

「指一本……？　ゆうべ……」

アオイはキーワードをつぶやいて、ううっとアタマを抱えた。

「あ……！」

思い出した。残像のように、石畳の上に転がっているヒールやら、明滅するエッフェル塔などの断片が次々とアタマによみがえった。

誰かの背中におぶさってながめたような、街の高さまでがなまなましい。

「ああ、そうか。センさん……。セン……くん。八神さん……。送ってくれたんだ」

アオイはひとりごとをつぶやきながら、センってこういう字だったのか、と思った。

「千本ノックのセン……」

アオイがふふっと笑いながらメモをテーブルに置こうとしたそのとき、バスルームの向こうになにかの気配を感じた。

そうっと近づいてバスルームを覗くと、誰かがバスタブに寝ている……！

「センくん……!?」

アオイは言ってから、心のなかで、うわああ〜、と声をあげた。

いったん、バスルームから出た。

「びびびび、びっくりした……。めっちゃびっくりした……」

アオイは心臓がバクバクしてきた。が、気持ちを落ち着けてもう一度、中に入る。

センはコートを毛布がわりに、バスタブのなかにカラダをまるめて横たわり、寝息をたてて眠っている。まだ春浅い明け方のパリは寒かったのだろう、コートの下に体をおさめるべくちんまり脚をたたんでいる。

「あのぅ、すみません……」

アオイはそっと声をかけた。

「せっかく眠っていらっしゃるところをすみません……。でも、なんで……なんでこんなとこで寝てるんですか？」

呼びかけたけれど、センは応答しない。

アオイは小首を傾げ、手に握ったままになっていたセンのメモをもう一度読んだ。

「あ……そうか。なるほど。あたしを送ったはいいけど、自分は帰れなくなった……」

記憶がややよみがえった。

「そういえば、ホテルの名前を聞かれたような……。夢？」

アオイは考えたがなにも思いいたらない。

そうだ。そもそも年若い青年が、いま、アオイの部屋のバスタブにころがっていること自体、現実感がないのだから仕方がない。

「ねえ、センくん？」

アオイはいまさらだけれど呼びかけた。

「あなたの泊まってるホテルは、ホテル・ドゥ・ラプセル・ド・ルレアンヌです。ねっ、センン……くん。セン。もう帰らないと。モーニングの時間が終わってしまいます」

最後のほうは、起きないとわかりつつ、話しかけた。

時差もきついのかもしれないな。８時間……。

アオイは近くに置いてあった毛布をセンにそっとかけて、バスルームを出た。


アオイのアパルトマンはパリ10区にある。パリ北駅やサンマルタン運河が近所にあって、おしゃれなレストランも多い。

ゆったりとした間取りと、中庭のある古い建物の感じがとても気に入っている。

小さなピアノを置けるスペースもポイントだった。朝は小鳥の鳴き声で目が覚めることもあり、しっぽのしゅっとした子猫が遊びにくることもある。

アオイがポロンとピアノを鳴らすと、ちょうど中庭を通りかかった猫がピクッと反応する。

アオイはモーツァルトの『メヌエットとトリオ』を弾きはじめた。

それでもセンは起きてこなかった。ピアノの音にも気づかずにバスタブで深く眠れるなんてなかなかのものだ。

アオイが朝食のコーヒーを飲もうとケトルで湯を沸かしていると、ピーという笛吹き音で目を覚ましたらしいセンが、バスルームから出てきた。

「あの……」

センがキッチンに立っているアオイに声をかけてきた。

「あ、おはようございます」

アオイはペコリと頭をさげながら、ササッと髪をととのえた。

「すみません。俺、勝手に……」

センはその先を言いよどんでいる。

「いえ……あの、私、たぶん、きのう、そうとう酔った……？」

アオイは控えめに言ってみた。

「……覚えてませんか？」

センは驚いている。

「ところどころは――」

アオイはとりすまして言った。

「——一軒めのレストラン行って、セーヌ河で夕暮れを過ごして、二軒め行って、エッフェル塔見て、タクシーに乗りました」

「あ、パーフェクトです」

「私、何か失礼は……？」

「いえ。ぜんぜん」

「よかった。あ、体痛くないですか？　バスタブで寝るなんて……」

「勝手に失礼しました。どこが一番失礼がないか、迷ったんですが……」

「ああ……」

アオイはうなずきながらもくすっと笑ってしまう。興味深い人だ。会った時からなんとなく思っていたが、じんわりと味わい深いというか。

「それ、やりましょうか？」

センはアオイが持っているケトルを見て言った。

「コーヒー。ちょっと、それ、自信あります」

センが文字どおり胸を張って言うので、アオイはまかせることにした。

「いいですか？」

センはアオイに言う。

「いいですよ」

アオイはフィルターの紙を渡した。

「最初は、ポタポタポタポタと滴り落ちるくらい。ちょっと蒸らして。そしてあとは、呼吸をするように……。そっと話しかけるみたいに。あ、この豆、いい豆ですね。新鮮です。ちゃんと膨らむ」

「へえ。もしかしてプロ？」

「昔、ちょっと、コーヒー屋でバイトしてました」

「へええ。専門店か何か？」

「ええ、けっこう有名な。新宿に但馬屋珈琲店ってあるんです。そこで……」

「ああっ、行ったことある！　日本にいたころ。学生のころ。もうかれこれ20年くらい前かな」

「えっ……マジっすか？　じゃあ、そのコーヒー、俺淹《い》れてたかも。……な～んて、そのころ、まだ俺、子どもです！」

センがノリツッコミでさらりと言うので、アオイは絶句した。

「いまのは、冗談ですので……」

センが沈黙に耐えかねてフォローを入れてきた。

「でも、合ってるので」

アオイはさらりと言い返して、もういっそ自分のほうから年齢を聞いてしまうことにした。

「センくんは……いくつですか？　ちなみに、生まれたころ、ディズニーランドはあった？」

「あ！　俺、東京ディズニーランドと同い年なんです」

「……ええっと、83年生まれ!?　そっか……私は、ディズニーランドよりちょっとお姉さんです」

「ちょっと……」

「ええ、ちょっと……」

話しているうちにお湯は落ち、センが淹れたコーヒーのよい香りが部屋に広がった。

アオイがバゲットとクロワッサンをセンスよく皿に並べて、テーブルの上に朝食がそろった。

「美味しいです」

センはクロワッサンを口にして感動している。

「それは、よかった」

アオイはちょっと誇らしい気持ちになった。

「朝、ピアノ弾いてました？」

センが窓際のピアノを見てたずねた。

「ああ……はい」

「何か夢うつつに、心地よいピアノの音色だと思ったんですよね。タラ・ラッタッタッター、タラ……」

センは『メヌエットとトリオ』の旋律を思い出しながら鼻歌まじりにたどっている。

アオイもいっしょにうたった。

「ああ、それそれ。いい曲」

センは主旋律がわかって満足そうだ。

「好きです、その曲」

センは唇に笑みを浮かべ鼻歌でふんふんとつづきをうたっている。

「もしかして、あなた、ネコですか？」

アオイはふふっと笑って、

「この曲、世界中の猫が一番好きな曲なんですよ」

「へえ……猫の好きな曲。なんて曲なんですか？」

「モーツァルトの『メヌエットとトリオ』。ウチのネコも……。あ、この曲が、ゴハンの合図なの。これ弾くと必ず帰って来るの。朝、散歩に出かけてても、夜も」

アオイは夢でも見ているように楽しそうに言い、そして次の瞬間、きゅうに表情を曇らせた。

「でも、あるとき、帰って来なかった」

「……………」

「それっきり、帰ってこないの」

「……………」

「ちょうどいまごろ。イースターのころ」

「……………」

「イースターだから、浮かれてどっか行っちゃったのかな、なんて」

アオイは言って、目をうるませた。

「これ弾くとまた帰って来るんじゃないかって。そんな気がして。よく弾くの」

「ネコってひょっこり帰って来るし」

センは付け加えた。

アオイはセンの言葉がうれしかった。そして、黙って話を聞いていてくれたことも。

「あ、ネコ、飼ったことある？」

アオイはすこし話題をずらした。

「子どものころに。……雑種だけど。アオイさんの猫は？」

「ウチのはアメショー。グールっていうの」

「ウチのはフツーにタマでした」

「タマ……。サザエさん？　違ったっけ？」

「たぶん、合ってます」

センは言った。

彼はテレビをあまり見ないらしい。サザエさんは、まだ日曜の夜にやっているのだろうか。

「笑点」は……。アオイは心に浮かんだ質問をすべて呑み込んだ。

「あ、今日はどうするの？　予定は？」

アオイは話題を変えた。

「いえ、まだ、別に」

センは言った。

「できたら、このあたり、ちょっと写真撮ってみようかと」

「ああ、いいわよ、この辺。少し、向こうに歩くと運河があるの。私は午前中、家で原稿書いてるけど」

「きのう取材したやつですか？」

「そうそう、イースターの卵について。その成り立ちから始まる、卒業論文なみのやつを」

「そりゃ、大変だ」

センが眉根を寄せて言うので、アオイはおかしくなって吹き出した。


スズメはベッドを抜け出して、朝のマルシェにひとりで出かけることにした。あてがあるわけではなかったけれど、ここに来る途中、タクシーの窓から見かけた場所を散歩がてら訪ねてみたのだった。

威勢のいいおじさんやおばさんたちが、日本と変わらない人のよさでスズメに果物や野菜をすすめてくる。

売っている人も、買いにきているお客さんも、みんながみんな人の胃袋におさまるものをやりとりしていて、それぞれに生活があるんだなあ、とスズメは思う。

みんな誰かと出会って、生活をしていく。スズメの両親も、祖先もそうだ。食べて、恋をして、命をつないで生きていく。

スズメは、カンゴが好きだ。同じ大学に通っていて、スズメのほうが先に一目惚れをした。出会ってからすでに6年が経って、ＯＬをしているスズメと違って、カンゴは就職をしないで絵ばかり描いていた。

あのころはスズメのほうが会社の研修などで忙しくて、カンゴが時間を合わせてくれた。それがまさか突然パリ行きを告げられるなんて……。

離れていたこの半年は意外とあっという間だった。

スズメは離れているといろいろ想像してしまって、もうこれ以上ごちゃごちゃ考えるよりはと思って、こうして会いにやってきたのだ。

ほんとうに、最近の自分はどうかしているとスズメは思う。

マルシェの雰囲気は、そんなスズメの鬱屈《うっくつ》した気持ちを癒《いや》してくれるようだった。

ふたり分の食材を買って、スズメはアパルトマンに戻った。

カンゴはベッドに寝そべって、ペーパーバックを読んでいる。

「さっき電話鳴ってたよ」

カンゴが言ったが、スズメはチラリと携帯のあるほうを見ただけだった。

誰からだってかまわなかった。いちばん電話してほしい人がいま目の前にいるのだから。

やがて、カンゴの部屋の大きな木のテーブルに、スズメの作った朝ごはんが並んだ。

朝は食の細いカンゴを気遣って、新鮮な野菜と果物を切っただけの、朝ごはんを用意したのだ。

大きなお皿をキャンバスに見立てて、色とりどりの野菜で抽象画のように人の顔を描いた。

「おいしい？」

スズメが聞くと、

「おいしい」

カンゴは言った。

「マルシェ行ったの？」

「うん」

「今日、どっか行く？」

「えっ、いいの？」

スズメは出不精のカンゴが誘ってくれたことがうれしかった。

「よし、どこにしよっかな」

スズメは浮かれた。

「ルーヴル、オランジュリー……」

カンゴは美術館の名前をあげていった。

センの頭のなかで、アオイが奏でていた『メヌエットとトリオ』の音色が鳴っている。

そのピアノのリズムで、センはアパルトマンの中庭に降り、ハッセルブラッドで撮影した。誰が手入れをしているのか、日本にはない色調の季節の花や樹々が並んでいて、なかなか雰囲気のある庭だった。

センはそこで初めてスズメのことを思い出した。

携帯を呼び出すと、スズメの声で「ピーッ」という、あのふざけた留守電のアナウンスが始まった。

「スズメ、いまどこ？　電話くらいよこせよ」

センは昨日とはうってかわって、落ち着いた声で伝言を残した。

そのセンの視線の先を、雰囲気のある白髪のおかっぱ頭の老婦人が大荷物を持って横切って行く。

「持ちましょうか」

センが駆け寄って身振りで伝えると、ご婦人はにこやかに「メルシー」と言い、大きなサイズの布地の反物をセンに託した。

「アナタ日本人ですか？　アリガトウ」

そのご婦人は日本式にペコリと頭を下げた。

「いえ」

センが恐縮していると、アオイが部屋のドアを開けた。

「ああ、ジョアンヌ」

アオイはフランス語でなにか話しはじめた。

センが抱えている布のことを話しているようだ。

「ステキ！」

アオイは女子らしい好奇心で目を輝かせている。

「紹介するわね」

アオイはセンに言った。

「お友だちのジョアンヌ。私の部屋の下を、仕事場に貸してるの」

「えっ、下があるの？」

センは驚いた。

「そうよ。ジョアンヌは、デザイナーで、オーダーメイドのドレスを作ってるのよ」

アオイはつづいてジョアンヌにセンのことを紹介した。

「こちらは、セン・ヤガミ。私の……お友だち」

ややためらったようにアオイは言った。

無理もない、とセンは思った。なにしろ昨日出会ったばかりなのだ。

「おお、ジョアンヌよ。よろしく」

ジョアンヌは英語で言った。

「初めまして。よろしく」

センも英語で言った。フランス語はほとんどわからないけれど、英語なら、まあ、なんとかなる。

「これ、アトリエまで持って行くんですよね。僕が手伝いましょう」

センはさっそく英語でジョアンヌに言って、布地を運んだ。

アオイは原稿を書くために机に向かった。

センはアオイの部屋の下へとつづく狭い階段を、布地の反物をぶつけないように気を配りながら、降りていく。

下には、アオイの部屋と同じ面積の、ワンフロアぶち抜きのアトリエがあった。

「わあ、こんなとこがあったんだ。あ、これ、どこに置きましょうか？」

「ああ、あそこに置いて」

ジョアンヌに指示されたところに、センは布地を置いた。

オーダーメイドのドレス工房らしく、人型のボディやミシン、大量の布地が効率よく並んでいる。

ウエディングドレスやイヴニングドレスの仮縫いが、ボディに着せられている。

センはカメラマンという仕事柄、アパレル関係のクライアントも多い。多少テキスタイルにも詳しいセンは、ジョアンヌの工房のそこかしこにあるヴィンテージレースや、センスの良いプリントの布地、素晴らしく手のこんだ刺繍《ししゅう》などに見とれた。

「セン、これなんか、どう？　18世紀のものよ」

ジョアンヌは得意そうにヴィンテージの布を次々に見せてくれた。

「オーダーメイドといってもね、いろいろよ。昔のウエディングドレスやなんかを、娘さんのために仕立て直して着られるようにしたり」

ジョアンヌは情熱的に語った。

ほんとうに仕立ての仕事が好きな人だとわかって、センまでうれしくなる。

「写真、撮ってもいいですか？」

センはジョアンヌとジョアンヌの工房が撮りたくなった。

「もちろん、どうぞ。お茶を淹れるわ」

センはジョアンヌの邪魔にならないよう、写真を撮っていった。

「どうぞどうぞ。写真も、こんなおばあちゃんでよければ、どうぞ」

ジョアンヌはおどけて言った。

「ありがとう。おばあちゃんだなんてとんでもない。ステキです」

センはレンズ越しのジョアンヌに言った。

フランスの女性は年齢を気にしないと聞いたことがある。ジョアンヌは月日の重なりを味方につけて、うつくしい人生を送ってきたのだろう。

そういえば、とふいに気がついた。

センは出会ってからずっと、アオイの歳が気にならなかったのだ。

「あなたは natural treasure ね」

ジョアンヌは思いにふけっているセンを見て、愉快そうに言った。

「natural treasure……natural treasure……天然記念物……!?」

センは叫んだ。

「だって、アオイが男の人紹介してくれたのなんて、初めてよ」

ジョアンヌは肩をすくめた。

「あ、いえ……」

センはなにか言いたそうなジョアンヌの次の言葉を待った。

「あの子は、苦労してるからね」

「苦労……？」

「子どもを亡くすなんて、この世で一番つらいことだものね」

ジョアンヌはつらそうに言った。

「すみません、子どもを……亡くす？」

センは驚いて、聞き直した。

「ええ」

「お子さん……いらっしゃったんですか？」

「あら……。アオイのお友だちなのに、聞いていらっしゃらないの？」

「あ、いえ……。実は、出会ったばかりで……。つきあってるとか……そういうことでもなくて」

センは言いよどんだ。

「あら、いやだ。私、勘違いしてしまいました。失礼したわ」

「いえ……」

センは恐縮した。言いづらいことをセンに話してくれた、人のよさそうなジョアンヌに気を遣わせてしまったのだ。

「どうしましょう。しゃべってしまったわ……」

ジョアンヌは本気で動揺している。

「いえ、大丈夫です。ぜんぜん」

思いがけずつらい話を聞いてしまったが、こうしてアオイのことを大事に思っている人を目の前にしていると、センは逆に気持ちが落ち着いた。

「僕、なんかちょっと不思議だったんです」

センは英語で会話しているせいなのか、シンプルな言葉が出てきた。

「彼女、なんだって小さなこと、すごく喜んでくれるっていうか……。ささやかなことをうれしがってくれる……ようなとこあって。何か……あるのかな、と思ってたんです。病気……っていうわけでもないし、元気そうだし……。お子さんのことがあったから……なのかな」

「ねえ、セン……」

ジョアンヌがおだやかな笑みを浮かべて言う。

「ささやかなことがうれしいのは、相手があなただからじゃない？」

「え、まさか……」

センはジョアンヌの言葉にドキッとした。

セーヌ河の夕暮れやエッフェル塔の点滅……。

寝ぼけながら聴いたピアノの音、アオイのために淹れたコーヒー……。

アオイといっしょに過ごした時間が心に鮮やかによみがえってきた。


アオイはノートパソコンに向かって、フリーペーパーの原稿を書いていた。

時々休憩を取りながら、てきぱきと原稿を仕上げていく。昨日取材したパン職人の言葉を思い出して、あらためてフランス食文化に敬意を覚えたりしながら、ふと、センの笑顔が心に浮かんできた。

朝、ピアノにつられてふらりと出てきたりして、ほんとうに猫みたいだった。子どもみたいなセンの文字を読みたくなって、アオイはテーブルの上のメモを手に取った。

「指一本触れてません……か」

アオイは声に出して読み上げると、これをどんな顔でセンが書いていたかを想像して、笑みが浮かんできた。

そういえば、アオイは気づいた。昨日から自然に、自分が笑っていることに……。

そのとき、電話が鳴った。

『アオイ、手が空いたら来てほしいの』

ジョアンヌからだった。

「わかったわかった。すぐ行く」

アオイは原稿を一時保存して、大急ぎで階下に向かった。


「セン。これから、面白いものが見られるわよ」

ジョアンヌがウインクをした。

センがなんだろう……と想像していると、アオイが階段を降りてきた。

アオイはジョアンヌに気づかれないように、腰のあたりで後ろ手にセンにわかるようにそっと手を振っている。

センも小さく振り返しながら、なんだかたのしい。

「アオイ、これよ。どうかしら？」

ジョアンヌは仮縫い中のウエディングドレスを差し出した。

「わあ……キレイ」

アオイはテキスタイルのディテールやカッティングの美しさをほめた。

「じゃあ、いつものようにお願い」

ジョアンヌがうながすと、アオイは裾の長いドレスをひきずらないよう器用に抱えて奥の部屋に消えた。

「ときどきね、ドレスのフィッティングモデルをやってもらってるのよ。裾の感じとか、ラインとかは、実際に人が着ないとわからないから――」

ジョアンヌがセンに説明してくれていると、奥の部屋からアオイの声がした。

ドレスに着替え終わったようだ。隙間から彼女の姿が少し見えて、センはなぜかドキドキした。

同時に、さきほど聞いたジョアンヌの話を思い出して、センは一瞬浮かない顔をしてしまう。

こんな顔をしている自分はどうなんだろうか。センはあさってパリを離れる。アオイが自分から言い出すことのない痛みがあるとしたら、センは自分からは聞かないまま受け入れようと心に決めた。

「あら、いい感じだわ。こちらに出てみて」

ジョアンヌの声が聞こえた。

アオイはウエディングドレスを着て、奥の部屋から出てきた。

「すげー……」

センは思わず息を呑んだ。

アオイのきれいなデコルテのラインが映える胸元のデザインに、彼女のために作られたドレスなのかと一瞬思ったほどだった。

センは思わず、持っていたカメラを構えた。

「写真はやめて……」

アオイが言った。

「だって、これは裾の感じを見るために着てるだけなの。ただのマネキン……」

「でも、すごく似合ってる」

センは心からそう言った。

「でも、ちょっと写真は……ホントに……」

アオイは言葉こそやわらかい感じだけれど、芯から頑《かたく》なに拒んでいるということがセンにはよくわかった。

それは、どこかしらおびえているようでもあり、初めて見る表情にセンは戸惑った。

ジョアンヌはそんなアオイの様子を心得ているようで、なにも見なかったかのように受け流している。

「さて、ではちょっと、ピン打ちするわね」

ジョアンヌがデザインの修整をしている間、センはなんだか手持ち無沙汰になり、アトリエに置いてあるものなどをながめた。

大きなテーブルの一角に、カラフルな卵を載せた柳の手かごが置いてあった。

「それね……」

ジョアンヌが言った。

「孫が喜ぶと思って。今日は、夕方から娘が孫を連れて来るの。この週末はイースターだから」

「へえ……お孫さんいらっしゃるんですか？」

センは驚いた。

「ええ、三人も。上から、男七つ、女五つ、女三つ。もう、うるさいったらないの。フフ。だからごちそうをたくさん作って黙らせるのよ。フランスの家庭料理。あとはね、これからアオイが作ってくれる素晴らしいキッシュ。それを持って帰れば完璧よ！」

ジョアンヌはうれしそうに顔をほころばせた。

「ジョアンヌ、キッシュの中身はどうするの？」

アオイがたずね、ジョアンヌがなにか思いついたようにセンのほうを見た。

「そうよ、アオイ！　センにも食べさせてあげなさいよ」

ジョアンヌが愉快そうに叫んだ。

「ねえ、セン。よろしかったら、あなたも、うちでごいっしょなさらない？　大勢でたのしいわよ」

「え……」

センは突然の誘いに驚いた。

「そう、シャンパーニュも冷えてるわ。夕ごはんは、アオイといっしょに、ぜひうちにいらして。娘も孫も喜ぶわ！」

ジョアンヌはほんとうにたのしそうに言った。

「あ……。でも、彼は予定が……」

アオイがセンのほうをちらっと見て言う。

「あ、いえいえ。ごいっしょしていいですか？」

センは答えた。

「えっ、いいの？」

アオイが顔をパッと輝かせた。

「うん。うまそう。食いたい」

センが言うと、

「では、ふたりで出席ということで！」

ジョアンヌが笑顔で締めた。

「そのかわりキッシュ作るの手伝ってもらうわよ。私ももちろん手伝うわ。アオイシェフは、こう見えて、厳しいの」

ジョアンヌはフランスマダムの貫禄で言う。

「あ……俺、料理とかできないけど」

「じゃあ、力仕事をお願いするわ。生地をこねたり。いい、アオイ？」

「ウィ、マダム！」

アオイが笑いながら胸を張って答えたので、そのとき、センの心にアオイとドレスの一番きれいな瞬間が焼き付いた。


三人はそれからアオイの部屋のキッチンに移動して、キッシュを作りはじめた。

オープンタイプのキッチンに午後の陽射しが明るい。

アオイがキッシュの生地に小麦粉を振ると、あたりに粉が舞って、それらは陽射しのなかでキラキラと輝いた。

「まつげに粉がついてるよ」

アオイは気づいて言った。

「えっ……」

センは手の甲で懸命にぬぐっているが、うまく取れない。

なんだか猫が顔を洗ってるみたいな仕草がおかしくて、アオイは笑いながら、右手の指でセンのまつげの粉をぬぐった。

センはくすぐったそうに逃げ腰になり、鼻にしわを寄せて笑った。


キッシュをオーブンに入れてしまうと、あとは焼き上がるのを待つだけになった。

ジョアンヌがアトリエから卵を載せた柳かごを持ってきて、卵に色を塗り始めた。

「あ、イースターの卵ですか？」

センはたずねた。

「そうよ。まだ、途中なの。あ、よかったら、あなたもお描きにならない？」

ジョアンヌが作業をつづけながら言った。

「いいんですか？」

センが言うと、

「描けば？」

アオイが笑顔でうながした。

センが卵につける模様をなににしようかと考え、アオイはオーブンを時折りのぞいている。キッシュの焼ける匂いがキッチンに漂って、ゆったりとした時間が過ぎていった。

センはふと、あることに気づいた。

アオイの部屋にはイースターの卵がない。どうしてだろう。フリーペーパーでイースターの卵の取材をしたときの画像を見せてくれたアオイは、とても楽しそうだったのに……。

センははっとした。

アオイはどんな気持ちで毎年のイースターを迎えているのだろう。ジョアンヌから聞いた、子どもの話を思い出し、センはアオイの気持ちを思った。

「あっ、大変！」

ジョアンヌが声をあげ、突然慌てはじめたので、センは我に返った。

「私、食卓のお花を買うの、忘れていたわ、大変！」

「ああ、私が買って来てあげる」

アオイは言いながらもうエプロンを脱いで、ジョアンヌと花の打ち合わせを簡単に済ませると、近くのフローリストへと出かけて行った。

アオイはひとり街に繰り出しながら、不思議な気持ちだった。

サンマルタン運河に架かる橋を渡り、イースターの飾りでにぎわうショコラティエやブーランジェリーのウインドウを通り過ぎながら、いつもふと射し込んでくるあの影のような思いが、今日はふわっと通り過ぎるのを感じたのだ。

春の陽気のせいだろうか。今日も昨日同様にいい空模様だ。

ジョアンヌはなにかと一人暮らしのアオイを気遣ってくれて、イースターのパーティにも毎年誘ってくれる。そのたびに心苦しさを感じていたのだけれど、今年は違う――。

アオイはお気に入りのフローリストで、イースター用のブーケのアレンジをオーダーした。花を待つ間、店内に飾られている花とイースターエッグのディスプレイが目に入り、いまごろはセンが自分の部屋のキッチンで卵に色をつけているのだろうかと想像して、アオイはうれしくなった。

帰り道、アオイは胸に抱えた大きなブーケの香気をたっぷりと吸い込みながら、行きと同じ橋を早足で渡った。

アオイは橋の途中で、ふと二羽の水鳥の姿に足を止めた。

水鳥たちはのんびりと緊張感のないようすでサンマルタン運河の水面に浮かんでいる。彼らは番《つが》いなのだろうか、くちばしを突き出して呼びかけるように鳴いたり、近づいたり、離れたり。そうかと思えば、お互いの羽をつくろいはじめたりして、なかなかにたのしげである。

アオイはふと、センのことを思い出した。

小麦粉がついてしまったまつげを指でぬぐったときの、くすぐったいような彼の表情……。

アオイは右手の指を見て、ふふっと思い出し笑いをした。


フローリストから戻ったアオイを、ジョアンヌが玄関で出迎えてくれた。

「きれいでしょう？」

アオイは華やいだ気持ちで、ジョアンヌに顔が隠れるほど大きなブーケを渡した。

「あ、いい匂い……」

玄関までキッシュの焼き上がったいい匂いがたちこめている。

「あれ、センは……？」

アオイはキッチンに駆け込んで、焼き上がりをチェックした。

アオイはジョアンヌにたずねた。

「あのね……」

ジョアンヌがいっしょにキッシュを覗き込んで言う。

「彼、帰ったみたいよ」

「帰った？　帰ったの……？」

アオイは動揺した。

「そうなの。20分くらい前かしら。彼の携帯に電話がかかってきて、何か急用ができたみたいで、慌てて出ていってしまったの」

「急用……」

アオイは小さな女の子みたいに、ジョアンヌの言葉を繰り返した。

「私に何か伝言は……？」

アオイはたずねたが、ジョアンヌは首を振った。

「そう……」

アオイは悲しくなりながら、焼き上がったばかりのキッシュを箱に詰めはじめた。

「アオイ、大丈夫？」

ジョアンヌが心配そうにアオイの肩を抱いた。

「そう……」

アオイはなにかを確認するように何度もつぶやいた。

スズメはカンゴといっしょに、サンマルタン運河沿いの遊歩道をぶらぶらと歩いていた。

結局この日は観光に出かけるわけでもなく、カンゴの部屋でゆっくり過ごした。

夕方近くなって、カンゴがふだん行っている店に連れて行ってほしいとスズメが頼み、運河の見えるオープンカフェに行ってきたところだ。

カンゴによると、サンマルタン運河は４・５キロほどの長さの運河で、昔貯水池から飲料水をひくために作られたそうだ。

いまは遊覧船が通り、天気のよい週末にはピクニックに繰り出す人たちでにぎわうこともあるらしい。

カンゴも誰かとピクニックに行ったりするのだろうか。

スズメがよからぬ想像をしはじめたそのとき、カンゴは遊歩道にある大きな樹に寄りかかり、スズメを手招きした。

気持ちのいい夕方の風が、通りがかりに樹々の葉をさらさらと鳴らした。

「パリの夕暮れはロマンチックです」

スズメがわざとフランス語会話の本に載っている堅い日本語の例文みたいにおどけて言う

と、カンゴは面白がってそれをフランス語に訳した。

「スズメはカンゴが好きです」

「Suzumé aime Kango」

「いなくなると、泣いてしまいます」

「Elle pleure quand il n'est pas là.」

「でも、カンゴはスズメを忘れてしまいます」

「……何それ？」

「カンゴはスズメを忘れてしまいます。言ってみて、フランス語で」

「やだよ」

カンゴは言った。

「あーあ、壊れた」

スズメは投げやりに言う。

「翻訳機が故障しました。ピー」

「ピーッてなんだよ、それ。留守電かよ」

カンゴが茶化した。

「カンちゃん、スズメの留守電知ってる？『ピーッと鳴ったらメッセージをどうぞ、ピー』

って、自分で言ってるんだよ。ピーッて。あれ友だちに受けるんだ」

「え、知らね」

「最近、電話くれないから――」

すねるスズメをカンゴがぎゅうっと抱きしめた。

スズメは話をうやむやにされたようで、哀しかった。


アオイはソファの上で膝を抱えていた。

やがて日が暮れたけれど、アオイは部屋の灯りもつけず、同じ姿勢のまま、ただぼんやりしていた。

元気のないアオイを、ジョアンヌが帰り際にパーティに誘ってくれたけれど、元気がないままうかがうのも申し訳ないので辞退した。

アオイは立ち上がり、ピアノの前に座った。

いつもより重く感じながらピアノのふたを開けて、アオイは『メヌエットとトリオ』を弾きはじめる。

初めてこの曲を弾いたのは小学生のときだったが、鍵盤を刻むように弾くのが子ども心にたのしかった。

いつからか、夕飯の支度を始める母の気配を背中に感じながらこの曲を弾いていたことが、アオイの幸福な子ども時代の思い出になった。

そして、いまではひとりパリの片隅で、ごはん前に弾くのが習慣になってしまった。

いまでもアオイは、自分のなかに小さな女の子がいて、その子は誰かに背中を見ていてもらいたいと、思ってるんじゃないかと想像することがある。

アオイはいま、誰にも背中を見られないまま、もうどこにも戻れないし、もうどこにも行けなくなっている気がするのだった。

もの思いにふけりながらしばらく鍵盤に向かっていると、一瞬、チャイムの音が聞こえたような気がした。

アオイは鍵盤の手を止めて、玄関の扉のほうを見た。

「気のせいか……」

そう思ったところに、もう一度、チャイムが鳴った。

アオイはゆっくりと立ち上がって、スタンドの照明をつけ、玄関に向かった。

「にゃあ……。なんつって」

うすく開けたドアから、招き猫のポーズの手が見えた。

「…………」

すると手につづいて、センが顔を覗かせた。

アオイはなんと言っていいのかわからず、センを部屋の中に入れた。

「大使館から電話かかってきて――」

屈託ない笑顔で、センが説明を始めた。

「日本から戸籍抄本の写しをファックスしてもらう約束になってたんだ。で、それが届いたっていう電話があって」

「…………」

「見て！　ちゃんと、渡航書、手に入ったよ！」

センはうれしそうに見せるのだが、アオイはうまく反応ができないでいる。

「……どうしたの？」

センが心配そうに身をかがめて、アオイの顔を覗き込んだ。

「……ううん」

アオイは首を振りながらうつむいていたが、とうとう涙がこぼれはじめた。

「……どうしたの？」

センは本気で心配している。

「……帰ったかと思ったよ」

アオイは涙がこぼれるまま立ち尽くしている。

「……ああ、ごめん……。泣いてるけど……」

「知ってる。泣いてるの私なんで……」

アオイは涙をぬぐった。

「……ごめん。おかしいね。いきなりいなくなられるのに弱いの。予告なく……」

「ああ……ごめん」

センは真顔で謝った。

「お茶、淹れようか？」

アオイはこの雰囲気をどうにかしたくて、とりあえずキッチンのほうに移動した。

「あれ、ジョアンヌのディナーには行かなかったの？」

センがテーブルの上の、キッシュを見てたずねた。

「うん……。なんだか、気が抜けちゃって。それ、私たち用にって、ジョアンヌが残していってくれた。あと、デザートも持ってきて冷蔵庫に入れてくれた」

「そう」

「向こうはもう、パーティで盛り上がってるんじゃないかな」

アオイは言って、なんとか平静を取り戻しながらお湯を沸かしはじめた。

「こっちもパーティしますか？」

センがキッシュをさして言う。

「ふたりだけど。パーティ……」

「あ……センとふたり、いいかも」

アオイは言った。

「あと、いま、アオイさん、僕のことセンって呼びました」

「あっ……」

「できれば、そのまま、それでお願いします」

「はい……」

濡れた瞳のまま、アオイは少し笑ってうなずいた。


それからアオイは、センとふたり、キッシュを食べながら楽しく話した。

「帰んなきゃ……だね」

アオイはふと気がついた。

「え？」

「あ、だから、ホテル」

「ああ……。チェックインしたきり、泊まってないという……」

「そう、お金、もったいない」

アオイはコーヒーを淹れた。

それからふたりは黙って、ジョアンヌの作ってくれたデザートのチョコレートケーキを食べた。

「あ、これ美味しい」

アオイははしゃいだ。

センはもう帰ってしまう。夕方にいなくなっただけで取り乱してしまったけれど、センはもう日本に帰ってしまう人なんだ。

笑おうとするけれどうまくできない。

アオイは目を伏せて、ケーキをせっせと口に運んだ。

「……アオイさん、俺、帰れないっす」

センががちゃっと大きな音をたてて、コーヒーカップを置いた。

「えっ……」

アオイは気持ちを読まれたのかと思ってドキッとした。

「ホテルの名前、忘れちゃったんです」

「ああ……」

アオイはそういう意味だったのかと納得して、

「待っててね。長いから、紙に書くね」

よろよろと立ち上がって、メモ用紙を探して、アオイは書き付けはじめたが、手が止まってしまう。

「あ……なんだったっけ…？　長くって、私も途中までしか出てこない……」

アオイがぼそっと言うと、センが立ち上がって近寄ってきた。

「……アオイさん、それ、素ですか、わざとですか？」

センは言った。

それでアオイはふっと振り返って、にっこり笑って言ったのだ。

「──センくん、飲もうか？」

昨日のレストランのときのように、お姉さんぶって言った。

「えっ？」

「とりあえず、飲もうか……」

アオイは驚いているセンにもう一度言ってみたけれど、思いがけず自分のほうでも照れてしまった。

「あるんですか？　お酒……」

センがたずねた。

「はい。ワインでよければ。赤でも白でも」

アオイは胸を張った。

「ワイン、いいですね」

「ちょっと待ってね。ボルドーとブルゴーニュ、どっちがいい？」

アオイは小ぶりなワインセラーの扉の前に立って聞いた。

「ああ、どっちから行くって感じですか？」

センは飲む気満々なようすだ。

「えっ、そんなに？」

アオイはひるんだ。

さすがに昨日は飲みすぎたという自覚がある。

「大丈夫、襲いませんから」

センが言うと、

「なんだ、襲わないのか」

アオイはがっかりしたように言った。

「え？」

今度はセンがひるんでいる。

「冗談です。襲わないでください。私も、襲いませんから」

アオイはなんだか彼の反応を見ていて面白くなってきた。

やっぱり素直な人だなあと思う。

この直感を信じて、のこりの時間、目の前のセンと楽しく過ごそうと思った。


「うわ、硬い……」

アオイはワインの栓を抜こうとしたが、コルクが硬くてうまくいかないようだった。

センが代わると、それは楽々と抜けた。

「安心してください。僕は、アオイさんの言うことは、たいていいなんだって聞くんですよ」

センはナイトのような気分で胸を張って言った。

「なんでですか？」

アオイが不思議そうな顔で言う。

「そういうふうにできてるんです」

センは言ったが、アオイは首を傾げている。

ちょっとわかりにくかったかな。

センは思った。さっきアオイを泣かせてしまって、動揺していた。自分の気の至らなさを後悔しながらも、昼間にジョアンヌから聞いた話が頭を重く占めていて、彼女との距離感がうまくつかめないのだ。

「乾杯」

ふたりは言って、ゆっくりとワインを飲みはじめた。

「乾杯って何て言うんですか？　フランス語で」

センがたずねると、アオイは「Un toast!」と陽気な感じでグラスを掲げて言った。

「Un toast!」

センも真似して、陽気に言ってみた。

フランスで飲むワインはほんとうにおいしいのだと、旅立つ前にさんざん事務所のスタッフから奨められてきたが、いま飲んでいるワインはほんとうにおいしかった。

でも、とセンは思うのだ。特別な人と飲むワインは、ワインの実力以上に気持ちのほうが勝手においしく感じてしまうんじゃないだろうか。

アオイが出してくれたいろいろな種類のチーズをおつまみに、センはワインをたのしんだ。アオイも、さっきまでの憂鬱そうな様子が嘘のように、いまはワインを飲んでたのしそうにはしゃいでいる。

そうして、ふたりともほんのりと顔が上気して、いい感じに酔いが深まっていった。

センは少し酔いをさまそうと、窓際に移動し、少しだけ夜風にあたった。脇にあるピアノのふたを開けて、ぽろんぽろんと一本指で鍵盤をはじいていると、「弾けるの？」とアオイが期待を込めた目をして聞いてきた。

「弾けないです」

言いながらセンは、ポロポロと知っている旋律を奏でてみせた。

「弾けるじゃん」

「いえ。学生のとき、ちょっとバンドやってたんで。コードくらいは」

「ああ、モテようと思ったのね！」

「あれ、よく知ってますね」

センはまともに答えてしまう。

「聞いたことあるもん。ギターやる人もうたう人も、バンドやる男の人はすべからくモテたい、と思っている……って。あれ？　すべからくって意味、違うっけ？」

アオイは酔っているのかそんなことを言う。

「すべからく……フランス語で言うとなんですか？」

センがたずねると、

「言えない。私、日本人だし」

アオイはやはり少し酔っぱらっているのか、投げやりに言う。

「ねえ……」

アオイはふいに真顔になった。

「私……日本人だよね？」

センを見て不安そうにたずねた。

「正真正銘の……」

センはちゃんと答えようと思って、アオイを見つめて言う。

「日本人の……キレイな、女の人」

本当のことだが、センは照れてしまった。

「そういうのは、いいから。照れるから」

アオイはすぐに目をそらし、茶化した。

「……で、モテた？」

アオイは話題を戻してしまった。

「モテる前に、自分がギターに向いてないことに気がつきました。リズム感がない」

センが告白すると、アオイは愉快そうに笑った。

「なんか、ちょっとわかる気が……」

「アオイさん、失礼ですね」

「ごめんなさい」

センの答えがアオイの笑いのツボにはまってしまったようで、センもいっしょに笑いが止まらなくなった。

ひとしきり笑った後、センは笑いにとどめをさすような感じでピアノをジャンと鳴らした。

「でも、あるとき、僕に転機が訪れました」

これから壮大な物語を語るかのように、センがとりすまして言うと、

「なになに？」

アオイは興味津々の目で身を乗り出してきた。

「はい。ギターのかわりに、カメラを持ってみたんです」

「そしたら？」

「そう、そしたらこれが、けっこういい感じに……」

センはさっきより明るい感じのコードでジャンと鍵盤を叩《たた》く。

「コンクールに入賞したりして、僕は、調子に乗りました」

センは片方の手で、明るいメロディを即興で奏でながら首を傾げた。

「あ、ちょっと違うかな。こんな感じ」

片手で弾き直したが、うまくいかない。

「はあ……で？」

アオイがもどかしそうに先をうながした。

「はい。僕は、これはもうプロでいけると思い、大学卒業後、就職しませんでした」

「勇気、あるね……」

アオイが感心したようにうなずいている。

「しかし、世の中、そんなに甘くはありません」

センは声音を低く変え、今度はマイナーコードをジャンと奏でた。

アオイはもう間《あい》の手を入れず、息をつめて聞いている。

その真剣なようすがセンにはうれしかった。

「仕事はなく、僕は、すきやでバイトしたりしました」

「…………」

「あ、もしかして、すきや、わかりませんか？」

アオイは知らないと首を振っている。

じゃっかん、解説を入れる必要があるらしい。

「よしのや、は？」

「牛丼……」

「そうそう。すきやはその親戚です」

センは雑に説明し、先を続けた。

「……バイトしながら写真を撮ってても、フィルム代がけっこうかかって。朝、昼、晩、おかずは、もやし、という日もありました。ポン酢、醤油《しょうゆ》、ソースでバリエーションをつけます。ま、もやしはもやし、なんだけどね」

センが言うと、アオイは笑った。

「でも、ある日……」

今度は明るいコードを鳴らした。

「あ、ピアノうるさい？」

「ううん。ぜひ、伴奏つきで」

アオイがうれしそうにうながす。

「伴奏……なのか。ま、いいや」

センは弾き語りをしている気分でつづけた。

「また、僕に転機が訪れます」

厳かな声で言ったが、アオイの反応がない。

「間の手は」

センが要求すると、

「あ、その転機とは？」

アオイは気合を入れた声で言った。

「はい……」

そこからは普通の調子で、センは語りはじめた。

「そのころ、たまにアシスタントとして呼んでくれてたカメラマンの先生がいたんですが、たまたま体調を崩した日があって、僕がかわりにけっこう売れてる女性ミュージシャンのグラビアを撮らせてもらったんです」

「それが、好評だった？」

「そう。読者に、というよりは、その女性ミュージシャンが僕の写真を気に入ってくれて……」

「ああ」

「で、グラビア、CDジャケット、広告……。彼女に関わる写真はすべて僕に依頼がくるようになったんです。そして、彼女の友人という女優さんたちからも依頼されるようになり……」

「ありそう、そういうの」

アオイは少し顔をしかめた。

「……でも、気づいたら、僕は一番、〈顔の修整がうまいカメラマン〉になってたんです」

「顔の修整？」

アオイは首を傾げた。

「ほら、いまって、写真もデジタル入稿で、撮ったその場でパソコンにつなげて、本人がいるところで確認できちゃうじゃないですか。で、どんどん要望が出てきて。シミ、シワ、目のクマは三点セット。下手《へた》すれば、顔の造作だって変えられますからね。なんか、俺は自分がカメラマンというよりは、タカスクリニックのような気がしてくるんです」

センはそこでちらりとアオイの反応をうかがった。

「あ、いえ、タカスクリニックはわかります」

「いや、そこで止まってるとは思ってないけど……」

センは気を遣ってみた。

「いや、どう感想を言ったものかと……」

アオイはアオイで、気を遣っているような笑みを浮かべている。

「要するに……」

センはつづけた。

「僕は、思うんです。『お前の一番自信のある写真はどれなんだ？』と言われたら、もやし食ってたころの写真じゃないか、と」

センは言いながらせつなくなってきた。アオイの間の手も、いつしか消えてしまった。

「……あのころ、少なくとも僕は、自分の写真の船頭でした。いまは……、クライアントの言いなりです」

「ああ……」

「知ってますか？　アオイさん――」

センは声をやや荒らげた。

「清涼飲料水のポスターを撮ったときの話です。沖縄ロケです。空の青が目に沁《し》みます。なのに、あいつらは、太陽の出ているほうの空も青くしようとするんです」

センが憤って一席ぶちあげるのを、アオイはきょとんと首を傾げて見ている。

「空はですね、アオイさん。本当の空は、太陽の出ているところは、青く写らないんです。そこは青空じゃない。白くなるんだ。……それをあいつらは、ぜーんぶ、空、ぜーんぶ青くしようとするんです。空は青だろうって。バカのひとつ覚えみたいに。そんなペンキ塗ったみたいな空にしてどうするんですか？　そんな空はこの世にないっ！」

センは最後のほうになると気持ちが入りすぎて、立ち上がり、演説をしているみたいに声を張り上げた。

アオイはトコトコとセンのそばにやってきて、ピアノで切ない調子の和音を奏でた。

「こんな感じですか？」

「はい。まさに、そんな感じでした」

「はあ……」

アオイは緊張がほどけたのか、そこで安堵のため息をついた。

センの隣に椅子を持ってきて、寄り添うように座った。

「でも、そんな仕事でも欲しかったから、僕は、お得意さんの女優とか、女性編集者に呼び出されれば、夜中でもなんでも、出て行ってホストかっていう……」

「あ、私は、別にそういうつもりはありませんから」

「えっ……？」

「あ、いえ……。私は別に年下の男の人が好き、とかないし、ホストとかも……」

「あの！　いま、この話の流れで、その話、おかしいでしょ。アオイさんは、そういう人たちとは違いますよ。ぜんぜん違います」

センが言い切ると、アオイはちょっと安心したように微笑んだ。

「アオイさん、いつも、絶妙にちょっとズレることありますよね」

「ああ……。たまに言われます。天然、っていうやつですかね」

「天然……どうだろ」

センはちょっと考えたが、違う気がした。

「チューニング狂ってるピアノみたいで気持ち悪いですか？」

アオイが心配そうに質問を重ねてきた。

「いえ。チューニングは狂ってない。和む、っていうか……、年上の女性にこんなこと言うの失礼かもしれませんけど、……カワイイです」

センは最後はぼそっと言って、照れてしまった。

「カワ……イイ」

アオイは不思議そうな顔で言葉を受け止め、それからとろけるような笑顔になった。

「ああ……その言葉。百年ぶりに言われた感じ……」

「……百年生きてないじゃないですか」

「スイマセン」

アオイはていねいにぺこりと頭を下げた。

「……まあ、そんなこんなで」

センはつづけた。

「そんなどうしようもない仕事でも、俺なんか不器用なんで時間のほとんど使わないと回っていかなくて、つきあい長かった彼女にも逃げられました」

センは自嘲気味に言ってアオイのほうを見たが、反応がうすいのでがっかりした。

「あの……。いまのは、一応アピールなんですけどね……」

「……はい？」

「いや、彼女いないっていう……」

「はあ……」

サービスたっぷりに気持ちの解説を入れたつもりなのだが、アオイの心にはまったく響いていないようで、センは肩すかしをくらった気分だった。

「いや、いいです……。そんなこんなで、いまの俺は情けないやつなんです。当初は、自分だけの自分にしか撮れない写真を撮って、まあ……ありきたりかもしれないけれど、写真集を出したり、個展をやることが、夢でした。でも、いまは、ただ、日々、仕事をこなして、ヘラヘラ俺を使うやつらに愛想売って、言いなりです」

「……そうなの？」

「はい。このパリ旅行だって、まあ、妹のお守り兄さん、でしたっけ？」

センはアオイに確認した。

「はい、お守り兄さん」

「お守り兄さん……ではあるわけなんだけれど、自分もムシャクシャしてて……。むりやり休みとって、このまま仕事やめてやれ、なんて気も実はあったんだけど、いざ、パスポートがダメになったときに、即座に気になったのが、帰国した翌日に入れてる仕事のことで……。結局、俺、飼い馴らされてんですね。そこで夢を見つけることも逃げ出すこともできない」

センは本音を言い切った。そして、なぜか清々《すがすが》しい気持ちになっている自分に驚いた。

「……なんとか、なるんじゃないかな」

ややあって、アオイが言った。

「八神さん……。いや、センは、また、自分の写真、撮れるよ」

アオイは自信たっぷりに言い切って、満足そうにうなずいている。

「自分が船頭の写真。だって、もやし食べてがんばれた人は、またがんばれるよ」

アオイの言葉に、今度はセンのほうが聞き入った。

「写真は専門じゃないから、やり方はわからないけど、センの個展、開かれたら私行ってみたいよ！」

「……ああ」

センはうれしいことを言われて、なんと言っていいのか、こんなときにうまく言葉が出てこない。アオイに、またがんばれると励まされて、勇気をもらった。それはアオイの言葉だから、そう思えるのだとセンは思った。

センは、いつか自分で納得のいく写真をアオイに見せたいと思った。それがいつになるのかはわからないけれど、アオイに真っ先に見てもらいたいと思った。

「チーズもっと食べる？　枝付きのレーズンもあるよ」

アオイが言って、立ち上がった。

「あ、もらおうかな」

センは言い、

「じゃあ、第2楽章、行きますか」

と、グラスに残っていたワインを一気にぐいっとあおった。

「コードは何ですか？」

センはピアノの前の椅子に座り、たずねた。

「え？」

アオイはキッチンで聞き返した。

「アオイさんの話ですよ」

センは大声で言った。

「……ああ。私の話はいいよ。そんなに、あなたみたいに面白おかしくしゃべれないし」

さっきまでセンを励ましていた元気さがどこかに消え去ってしまったように、アオイはすっかり黙ってしまった。

「聞きたかったたな」

だめ押しでセンは甘えるように言ったけれど、

「聞くほどの話、ないし」

アオイがクールに言って、そこでパーティはお開きになった。

アオイはベッドに入ったものの、なかなか寝付かれなかった。

いまごろセンは、リビングのソファで眠っているはずだ。

アオイはさっき聞いた一連のセンの物語を、ベッドの中で反芻《はんすう》した。

センはアオイが言った感想にうれしそうにしていたけれど、アオイはアオイで、ただ励ましたのではないつもりだった。

まだ見たことはないけれど、センが言う「自分の写真」というものを本当に見てみたいと思っている。

アオイには予感があった。センは、きっと、やさしい写真を撮る人なんじゃないかという予感が――。

アオイは飲みすぎたせいか、もう一度寝る前にトイレに行くことにした。

用を済ませ、寝室に戻るとき、そっとソファを見ると、センの姿がないことに気づいた。

「セン……」

アオイは動揺し、一瞬立ち尽くした。

ハッと思いたって、バスルームを見てみたけれど、バスタブにセンの姿はなかった。

アオイは、途方に暮れる思いで再びソファのほうへ戻った。闇の中、座っていると、外で野鳥の鳴く声がした。

「……？」

アオイは耳を澄ませた。

鳴き声に混じって、かすかになにかの音がする。空気がもれるような……。アオイは忍び足でそっと、その音のするほうへ近づいていった。

「…………！」

アオイは目を凝らして驚いた。それは、センの寝息で、センはなんとピアノの下で掛け布団にくるまって眠っていたのだった。

アオイは安堵のあまり、腰が抜けたようにヘナヘナとその場に座り込んでしまった。

「ねえ……」

アオイは小声でセンの寝顔に言う。

「セン……」

アオイが一度だけ呼ぶと、センは目を覚ました。

「あなた、こんなとこで何やってんの？」

「ああ」

「どこ行ったかと思ったわ」

アオイは責めるように声を荒らげた。

「おいで」

センは穏やかな声で、寝袋のように体に巻いていた布団をぱっと開いた。

アオイはおびえた野獣の子のように、やや退きながら、鋭い目でセンを見つめた。

「じゃ、いいよ」

センはあっさりあきらめたようすで、ぱたりと布団を閉じてしまった。

アオイはそれから、たたっと逃げるように、寝室に駆け込んでしまった。

センは寝たふりをしながら、呆然としていた。一度開いた布団は、拒絶され、ぱたりと閉じるしかなく、それはまるで海底の岩場にしゅるしゅると撤退していく弱虫なホタテ貝のようだ。

ぱかぱかと、布団を開けたり、閉じたり……。センが一抹《いちまつ》のむなしさを嚙《か》みしめはじめたそのとき、寝室のドアが開く音がした。

センは訝りながら気配をうかがっていると、アオイはなんと自分の布団をもって戻ってきたのだった。

「まねしていい？」

アオイは聞くより先に決めていた感じで、センの隣に、やや間を空けて、センと同じように布団にくるまり横たわった。

さっきまでホタテ貝じゃないかといじけていたセンだったが、今度は巨大なみの虫が２匹、顔を向け合って転がっているような状況になり、内心なんだか愉快になってきた。

「ねえ、面白くない？」

センは吹き出しながら、アオイを見た。

「俺、カメラやるようになってから山に登るようになって、寝袋買ったんだよね。それから、自分の部屋でも、いろんなところで寝てみるようになったの。同じ部屋の中でも、床から見るのとでは景色が違うじゃん」

センが話している間に、アオイは布団のままごろごろと間を詰めるように転がってきた。

「面白くない、別に」

アオイはセンの顔のすぐ前でそっけなく言ったが、センの布団にぴたりとくっついている。

「ま、バスタブは昨日が初だったけどね」

センが皮肉っぽく言っていじめると、

「変な人」

アオイは手厳しく返して、プイッと後ろ向きに寝返りをうってしまった。

センはそんな仕打ちには負けないで、みの虫状態のアオイを包み込むように後ろから布団ごと抱きしめようとした。が、思いのほか大きかったみの虫をセンはまるごと抱きしめることはできなかった。

「ああ、俺の手があと2倍……の長さないと足りない」

センは大げさに嘆いた。

「相撲取りとか、抱きしめたらこんな感じだよ」

アオイがそっけなく言うので、

「抱きしめないよ、一生」

センはいちおうツッコミを入れてみた。

すると、アオイの布団が小刻みに揺れはじめた。泣いているのかと思ったら、アオイはくっと笑いをこらえていたのだった。

それでセンも、なんだかつられて笑ってしまった。そうして2匹のみの虫の間に笑いの振動が生まれ、なごやかな空気が生まれていた。

「ねえ……」

笑いがおさまったあと、センは穏やかに切り出した。

「ん？」

アオイは今度はやさしいトーンで反応してくれた。

「さっき、なんで、泣いたの？」

センはやさしくたずねた。

「私、泣いてた？」

「うん。震えながら」

センは言った。

「……私ね」

アオイがなにか切り出そうとして、そこでふと黙り込んだ。

「ん？」

センはやさしく、いつまでも待つようなつもりで聞き返す。

「話すの怖いな……」

アオイはその先の言葉を迷っている。

「俺、聞くの怖くないよ」

「ホント？」

「うん、ホント」

「じゃ、言おう。……私、絵が好きでね。東京で美大卒業して、画廊に勤めたの」

「うん」

「まだ、日本も羽振りがいいころで、その画廊、こっちに支店があって、一生懸命、私、フランス語の勉強してね、配属された。まだ23、とか24の頃」

「へえ……」

「こっちで絵の買いつけをしたり、日本の絵をこちらで紹介したり」

「ふうん……」

「そのころ、画廊のお客さんで、こちらの画家と知り合ったの」

「フランス人ってこと？」

「そう。私もこっち来たばかりで淋しかったのかな、出会ってすぐ結婚しちゃったの」

「うん……」

「そしたら、その人ね、あっちにもこっちにも女の人がいて……ああ、なんだ私、騙《だま》されたって思った」

「うん」

「画家だから、そういうのも必要、芸の肥やしだとか言う人いたけど、私、そういうのダメで、すぐ離婚」

「うん」

「もう、それから会ってもいない。友だちにもなれなかったわ」

「別れたあとってこと？」

「うん……」

寝転んで話しているせいか、センにはアオイの声がふだんより低く落ち着いているように聞こえた。すぐそばで声が聞けるのもよかった。本当は抱きしめたかったけれど。

「それから、いろいろあって……」

アオイは話を続けた。

「画廊もやめることになって……。フリーペーパーを作ってる小さな会社に雇ってもらって、猫とふたり暮らし。……まあ、猫もいいものよ。しゃべらないから、誤解が少ないし、いい感じでそばにいてくれるし」

「あの触った感じがたまらないしね」

「そうそう……」

アオイはくすっと笑った。

「でも、その猫もいなくなって、ひとりぼっち」

アオイは言った。

「グール？」

センはそっとたずねた。

「そう……。グールもシオンもいなくなって、ひとりぼっち」

アオイは言って、黙り込んだ。

「シオンって？」

センは思い切ってたずねた。

「あ、ごめん……」

「ううん。シオンは私の子ども……」

「うん」

「……え？」

アオイが驚くので、センは種明かしをした。

「ちょっとね、お昼に聞いてしまいました」

「……ジョアンヌ？」

「うん。僕たちが長いつきあいと思ったみたいで」

「そう……」

アオイはセンが知っていたことでかえってほっとしたように、それからまたつづきを話しはじめた。

「……結婚相手と別れたときには、もうお腹に子どもがいてね。産んだの。男の子。かわいくて、天使みたいだった。……でも、もともと体弱くて、五つまでしか生きられなかった。かわいそう……」

アオイは涙ぐんでいるような声になった。

「グールは……シオンが拾って来た猫よ。まだもみじみたいにちっちゃなふたつの手のひらを一生懸命くっつけて、子猫のっけて……中庭の……あそこに立ってた。ママ、飼って。おうちで飼おうよ。かわいそうだよ。死んじゃうよ……」

「………」

「グール、って名前つけたのもシオンよ。『メヌエットとトリオ』は、シオンが一番得意な曲よ。グールはシオンが奏でる『メヌエットとトリオ』が大好きで……その音を聴くと、どんな遠くに行っててても帰ってくるの。魔法みたいに帰ってくるの。どこにいても聞こえてるみたいに……」

アオイはそこで耐えきれなくなったように黙り、声を押し殺して泣き出した。

センは布団にくるまったままのアオイを抱きしめた。

「ゴメン……」

アオイはすすり上げながら、謝っている。

「いえ……」

センは自分の手でアオイの涙をやさしくぬぐった。

この地で、アオイはいままでどれほどの涙を我慢してきたのだろう。

センはそんなことしかできない自分がもどかしかった。

アオイは驚いていた。他人の前で、シオンのことを話し、こんなに泣いてしまったのは初めてだった。

ひとりで泣いたことはよくあった。でも、夢中で毎日を過ごしてきて、もう泣くこともなくなったのかなと最近思っていたところだったのに……。

アオイは涙の波がいったん引くと、今度はセンに、いまの自分のことを話してみたいと思った。

「私ね……。うまく言葉にできるかどうかはわからないけれど……。あの子が死んだときから、動けないままなの。ずっとあの場所にいるの……」

アオイは再び話しはじめた。

「ねえ、アオイさん」

ふいにセンが呼びかけてきた。

「はい？」

アオイは中断されたような気がしたけれど、気丈に応えた。

「一個、提案」

センが学級会の子どものように言う。

「提案？」

「うん」

センはうなずいて、

「布団、どけようか」

さらりと言ったのだった。

言葉のわりに、不思議なほど紳士的な響きがあり、アオイはあっさりと殻を脱ぐように布団から這《は》い出た。

そして、自分の布団を開けて待っていてくれるセンの腕の中へともぐり込んだ。

「あ……」

アオイはセンの胸のあたりに顔をうずめて、声をあげた。

「もっと……」

「はい」

「もっと、できれば、ギューッと」

「はい」

センは言いなりに、アオイを抱きしめてくれた。痛いくらいにぎゅっと――。

「ああ、私、いるんだね。まだ、ちゃんとこの世にいるんだね」

アオイは確認するように言う。

「いるんですよ、ちゃんと、俺の腕の中にいるんですよ。だから、こうして……抱きしめてる」

センは言った。

ふたりは時を忘れ、そのままの姿勢で抱き合っていた。

どこからか、鳥の鳴き声が聞こえてきた。うっすらと消えてしまいそうなほど、透明な鳴き声だった。

「ナイチンゲールよ。夜鳴くの」

アオイは言った。

「アオイさん。眠れそう？」

「わかんない。でも、さっきお薬飲んだから眠れるかな。センは？」

「僕は、いいんです。こうしてれば、それで……」

「私も……」

アオイはセンの腕に守られ、気持ちが充たされていくようで、いつしか穏やかな表情で眠りに落ちていた。

4

スズメはベッドの上で眠っている。

カンゴは早朝の光の中で彼女の寝顔をスケッチしていた。

いきなりアポなしでやって来て、憎まれ口をずいぶんとぶつけられた。

矢継ぎ早に質問されても、カンゴはなにから答えていいのか、戸惑うばかりだった。

窓から射し込む光を受けて気高くも感じられるこのスズメのどこに、あのように黒い言葉たちが詰まっているのか……。

そもそも恋愛は、好きだという気持ちがすべてではないのか……。

カンゴは浮かびあがるさまざまな疑問を忘れることにして、いまは目の前にあるうつくしいスズメの輪郭を描きとることに集中した。

しばらくしてスズメは目を覚ました。

「……誰描いてるの？」

スズメは不機嫌そうに起き上がって、カンゴのスケッチブックを覗き込んだ。

「ん？」

カンゴは答えず、描き続けた。

「何描いてるの？……ねえ、何見てるの？」

スズメが質問を浴びせはじめたが、カンゴは答えない。

「何考えてるの？」

スズメが真顔で言って、カンゴのスケッチブックを取り上げてしまった。

カンゴはそれでも黙っていた。

「もう、スズメは描かないの……？」

スズメはさびしそうにつぶやいた。

「スズメ……」

それは、スズメだよ。眠っているスズメがきれいだったから、描かずにはいられなかったんだ。

カンゴは心の中で答え、スズメに向かって微笑んだ。

「質問攻め、カンちゃんに嫌われる……」

スズメは抑揚のない声でつぶやいた。

カンゴはそんなスズメを抱きしめることしかできなかった。

「もう、カンちゃんのことなんにもわからない……」

スズメはカンゴの胸の中で言って、ふつりと黙り込んだ。


その朝、アオイは物音で目を覚ました。

キッチンでセンが食事の用意をしている。

「ごめん。起こしちゃったね」

センは謝り、ボウルの中に卵を割り入れている。

センが卵をかきまぜる音をアオイは幸福な思いで聞いていた。

「どしたの？」

しばらくしてアオイは起き、センの隣に立った。

「朝ごはん、作ろうと思って」

「ああ……」

アオイはうれしくて笑った。誰かを隣でながめ、朝から笑っている。そんなささやかなことをうれしく感じながら、アオイはそれがセンだからうれしいのだと思った。

そして、彼がやろうとしていることを好奇心いっぱいの目でながめた。

センはどこかで習ったらしい、おいしいスクランブルエッグの作り方をアオイに説明しながら調理した。溶き卵に生クリームと塩を入れ、よくかきまぜて、バターを溶かしたフライパンに流し込んでからはしばらくいじらないのがコツだと言った。

センが作ってくれたふわふわのスクランブルエッグは、とてもおいしかった。

「センは明日、日本に帰るんだよね」

アオイは確認するようにたずねた。

「うん」

センはうなずき、もうそれは動かしようのないことだとアオイは気づく。

「今日、どうするの？」

「どうしようかな……。ちなみに、アオイさんのご予定は？」

「私のご予定は……仕事。ほら、イースターの卵特集」

「へえ……。俺、それ、いっしょに行こうかな」

センがそんなことを言い出した。

「カメラマンとして、写真撮るの」

「ホント？」

「なんてね」

センは冗談めかしたが、アオイはうれしかった。

「それ、助かる。私より、センのほうが絶対うまいもん」

一緒に仕事ができるなんて、アオイは思ってもみなかった。

「じゃ、今日の予定は、イースターの卵を撮りに行くってことで、決定！」

センが言い、

「決定！」

アオイは元気よく賛成した。


「けっこう、歩くけど平気？」

アオイは運河沿いを歩きながらセンにたずねた。

「あ、俺はぜんぜん。歩くの好きなんで」

「私も歩くの好き。じゃ、バスじゃなく、駅まで歩こう」

昨日はひとりで渡ったサンマルタン運河の橋を、センといっしょに渡っていく。あの水鳥たちはまだ仲良しかな。アオイは思って微笑んだ。

「でも、考えてみたら、いま、取材しても、今年のイースターにはもう間に合いませんよね、誌面」

センがふと首を傾げて言った。

「そうなの。だから、これは、来年のイースター用なのです」

「なるほど」

センは納得して、うなずいた。

来年のイースターはふたり、どうしているのだろう。

アオイは漠然とそんなことを考えた。

空を見上げると、それほど雲も出ていない。今日もいいお天気で、朝のうちから陽射しが暖かい。

この春先のパリはほんとうに、奇跡的にいいお天気。

アオイは大きな歩幅のセンのあとを、ヒールの音を響かせながらついていった。


パリの中心部に入ると、街じゅうのあちらこちらで焼き上がったばかりのパンの香りがする。

アオイは鼻をくんくんと利かせて、今日はなんだか調子がいいのか、バターの種類までわかるような気がした。

パリにはほんとうにパン屋さんがたくさんあって、毎日、朝イチで焼きたてを買いにくる食いしん坊なお客も多い。

アオイはパリに住みはじめたころのことを思い出した。

フランス語では、パンは種類ごとに女性名詞と男性名詞とが決まっていて、アオイはつたないフランス語で、お店の人に欲しいパンの種類を伝えるのだけれどまったく通じなくて、仕方なく同じものを2コずつ買っていた。

「複数形だと男性名詞も女性名詞もいっしょだから」

アオイはなつかしく話しているうちに、ほっこりとした気持ちで自然に笑みがわいてきた。

センは興味深そうに聞いていて、最初からフランス語がうまく話せたわけじゃなかったんだね、と感想を言った。

「あ、ここここ」

アオイは手帳を見ながらパン屋の店先で立ち止まった。

焼きたてのパンの香りが、ふたりの鼻先を刺激するように漂っている。

「こんにちは。フリーペーパーの取材の者です」

アオイが言いながらふたりで入っていくと、オーナーの女性が笑顔で迎えてくれた。

「どうもどうも。お待ちしてました」

職人の男性も出てきてくれた。

「編集者のアオイです。今日はお世話になります」

アオイは自己紹介して、大きくて粉っぽい職人の手と握手した。

センはアオイが教えたばかりの簡単なフランス語で、自己紹介をした。

「あら、フランス語お上手ね！」

オーナー女性がほめたが、センはきょとんとしている。

「フランス語、上手だって」

アオイは笑いながら伝えた。

アオイは女性オーナーから、お店ならではのイースターエッグを紹介してもらいながら、いつもの癖でバッグからカメラを取り出した。

「あ、センがいるんだった……」

アオイが気づいたが、センはのんびりと店内の様子をながめている。

「あ、俺？　ちょっと待って」

センはデジカメを取り出した。

「アオイさん、なんか白い薄い紙、もらっていい？」

「ん？　はい。どうするの？」

「ライティング。薄い紙を照明にかけて撮ると、卵の曲線がきれいに浮かび上がったように撮れるんだよ」

「へえ……」

「見てて」

「うん」

アオイはいままで見よう見まねで撮影も自分でやってきた。プロとしてのセンの仕事ぶりを間近で見ながら、新鮮だった。

「これ、ブツ撮りの基本ね」

センは言って、あとは夢中で卵を撮りはじめた。

「ショップでブツ撮りなんて、いつ以来かな」

センは言ったけれど、アオイはこんなにたのしそうに卵を撮っている彼を誇らしく思った。物でも、人でも。

やっぱりやさしい写真を撮る人だとアオイは確信した。

アオイはオーナーの女性から聞いたばかりの、イースターエッグの説明をセンに伝えた。

「この近くに美術学校があってね。そこの生徒のアルバイトなんだって」

「ふうん」

センは興味深そうにそれらの卵を撮っていく。

「これは？」

アオイはなかにひとつだけ交じっているかわいい絵のものを指差した。

「これは、孫が書きました」

オーナーの女性が目を細めて笑った。

アオイはそれをセンに伝えると、ふたりは顔を見合わせてふんわりと笑った。


哀しいほど天気がいい、とスズメは思った。

ふたりは食事も外出もしないで、カンゴの部屋のベッドの上でじゃれながら、体の部分あてゲームを始めた。

目を閉じたカンゴの人差し指をスズメが自分の体の一部にあてる。

「ほっぺた」

「あたり。じゃ、今度はこれ」

「えっ、何？」

「ふふ」

「わかんね」

「耳。耳たぶ」

「ああ、ふわふわしてる」

「じゃ、次、カンちゃんの番」

スズメは言って目を閉じ、指を差し出した。

「んーと」

カンゴは言って、スズメの人差し指を口に入れて噛んだ。

「うわっ、びっくりした！」

スズメはあまりにぶよぶよした感触に笑ってしまう。

カンゴもつられたように声をあげて笑った。

ああ、こんな笑い声、ずっと聞いてなかったな。私とは、ふつうに話してても笑えないのかな。スズメは思って哀しくなった。

「じゃ、今度スズメね」

スズメは泣きそうな気持ちでカンゴの人差し指を取ると、自分の胸より少し上にあてた。

「え……どこ？」

カンゴはわからないようだ。

「……心」

スズメが言うと、カンゴが目を開けた。

「……スズメの心だよ。カタカタ泣いてるの。淋しいよお、不安だよおって」

泣きそうになっているスズメをカンゴはあやすように抱きしめた。

スズメの耳元で、ふうっと大きなため息が聞こえた。

スズメも抱かれたまま、ヒヤリとした気持ちでため息をつき、やがて静かに心を決めた。


「はい」

アオイがコーヒーを手に戻って来た。

「ありがとう」

センが笑顔で受け取った。

小さな公園のなかにあるベンチにふたり並んで座り、ランチをとっている。

「いっぱいもらったね」

アオイはさきほどの取材先でもらったパンを袋から出して、センにすすめた。

「デザートは、卵形のチョコレート」

センは言った。

オーナーの女性はセンが撮った写真をとても気に入り、そのお礼だと言ってたくさんおみやげをくれたのだった。

お天気に恵まれた公園には、近くのオフィス街から繰り出してきた人たちがいて、のんびりとした空気が漂っている。

アオイはパンを食べながら、ベンチの下で足をぶらぶらさせた。

「あっ……」

アオイは小さく声をあげ、それからふふっと笑った。

「何？」

「私、またこれ履いて来ちゃった」

それは、センが直してくれた靴だった。

「ホントだ」

センはちゃんと接着されているヒールを見て、安心したようだ。

あのときは、またこの靴に会うことになるなんて、センは思ってもみなかっただろうな。

そう思うとアオイはいまこうしていることが、ほんとうに不思議なめぐりあわせだと思えるのだった。

「新しい靴、買わなくちゃ」

アオイは言い、パンをかじった。

新しい靴を買ったら……。

そのとき、センはどこにいるのだろうか。

久しく感じたことがなかった淋しさが一瞬、心をよぎったけれど、アオイは打ち消そうと一生懸命パンを食べつづけた。

「食べたらどうしようか」

アオイはたずねた。

「どっか行きたいとこある？　案内するよ」

「行きたいとこ……」

センは少し考えてから、

「あっ、わかった」

と言った。

「ほら、アオイさんに最初に会ったとき、どこかひとつ、パリでいいとこって聞いたら教えてくれなかった、そこ。何か、穴場でしょ？　きっと」

「あ。ああ……」

アオイは思い出した。

「そこ、行ってみたい」

「でも……」

アオイは言いよどんだ。

「あ、気が乗らないんだったら、いいよ。そしたら、ルーヴルとか、オルセー美術館とか……」

「……行ってみようか？」

アオイはふいに心を決めた。

「私の好きなとこ、行ってみようか」

「いいの？　秘密の場所だったりしない？」

センは遠慮がちに言った。

「秘密の場所だけど、いいよ」

アオイは言って微笑んだ。

「これで、行くの？」

センはアオイの手を取りながら、小さなはしけから遊覧船のデッキへと渡った。

「そうよ。これで、アマゾンの奥地まで」

「冗談でしょ？　これ、遊覧船でしょ」

「ばれたか」

軽口を叩き合っているうちに、遊覧船が動き出した。

「どこ行くんだろう」

センが首を傾げながら、デッキから水面をながめている。

「さあ、どこでしょう」

アオイは言ったが、有名なセーヌ河のクルーズである。でも、センは手すりから身を乗り出さんばかりに、時折りデッキにはねかえる水しぶきにまでわくわくしているようすだ。

「周りずーっと、観光名所っぽいね」

センは視線をずっと遠くにおいたまま言う。

「パリ一番の場所……かも」

アオイは遠慮がちに言った。

「アオイさん、これ乗るの、何度めですか？」

「初めて」

「なあんだ」

「フフ。意外とこっちに住んでたら乗らないもんじゃない？　ほら、東京で言うと隅田川のクルーズみたいな？　なんか気恥ずかしくて。デートみたいでしょ」

「じゃあ、デートということで、ひとつ」

センがあらたまって言うと、アオイははにかんで、ふふっと小さな女の子みたいに髪を揺らして笑った。

話しているうちにも、アオイの好きな場所が近づいてきた。

「だんだん、近づいてる。私の好きな場所」

「どこだろ」

「あ、ほら、ねえ。私たちの出会った場所。ノートルダム大聖堂の脇の遊歩道……」

アオイが指差した。

「ああ、ホントだ。なんか、すごい前のことみたいだ」

センは心に焼き付けるように見つめている。

「ホントね。すごい前みたい……」

「おとといのこと、ですよね」

「あ……」

アオイは気づいた。

「私たち、それから、ほぼずっといっしょにいる」

「ホントだ」

「変なの……」

「えっ、変なのって……」


『スズメ、いまどこ？　電話くらいよこせよ』

スズメはカンゴのベッドに腰掛けて、携帯の留守電を聞いていた。

声はおだやかだが、兄はそうとう怒っているようだ。でも、この留守電以降、連絡は入っていないようだった。いまごろどうしているんだろう。スズメはちょっとだけすまない気持ちになった。

スズメはベッドからはずむようにポンと床に飛び出して、キッチンにいるカンゴのところにそろそろと歩み寄った。

カンゴはふたり分のごはんを作ろうとしているところだった。

もう昼をとっくに過ぎているけれど、スズメはおなかがあまり空いていなかった。

「カンちゃん、スズメ、そろそろ帰る」

スズメはいきなり切り出した。

「……えっ、急だな。今、メシ作ってたのに。——あ、そういえば、きのう、電話鳴ってたぞ」

「うん、今留守電聞いた」

「ふん」

カンゴは構わず料理をつくり続けている。

「帰る前に、用件」

スズメは言った。

「パリに来た用件を言います。……あの、こちらを向いてください」

スズメが言って、カンゴはやっとスズメのほうに向き直った。

ふたりはガスレンジの前で向かい合う形で立っている。

「私と……」

スズメは言った。

「私と結婚してください」

「なんで？」

カンゴはまるで予期していたかのように、答えのかわりに問いかけてきた。

「なんでいまのままじゃダメなの？」

カンゴは言った。

ここに来てからのスズメはカンゴを問いつめる一方だったが、今度はカンゴのほうが逆に問いかけた。

するとスズメはくしゃっとした顔で笑った。おちゃらけているわけじゃなく、泣くのをこらえてそうなってしまった。そして言った。

「遠恋、きついっす。1万キロメートルの遠恋、めちゃくちゃきついっす」

「…………」

「私、超絶淋しがりやだし、甘えん坊だから、ひとりでいられないんだよ」

「…………」

「カンちゃん、パリ行っちゃってから半年、ずっと我慢してきたけど、ステキな人にやさしくされると、クラッといきそうになる」

「…………」

「カンちゃんもそうでしょ？　知ってるもん。てか、もういるのかな。そういう人」

「……いないよ」

カンゴはぼそっと言った。

「ま、いいや。私たち、いっしょにいないとダメになるカップルだよね」

スズメは一方的に言いつづけた。

「だから、結婚しよ。私がこっちに来ても、カンちゃん帰って来てもいい」

「お前さ、いろんな条件とかぜんぜん考えてないだろ。自分の仕事とか、俺の……まあ、なんつーの、夢、とか？　俺だっていつまでも親の脛《すね》かじってるわけ、いかないし」

「……そんなの、どうにだってなるもん」

スズメは真剣に言い張った。もう自分からは駆け引きをしないという強固な決意が体からわいてきて、凄《すご》みのある目でカンゴを見つめた。

「ごめん。無理……」

カンゴはスズメから目をそらした。

「……結婚とか、俺、無理」

カンゴの発言は弱音のようで、スズメは情けなく思った。

「別れるよ、そういうこと言うと」

「……お前がそう思うなら、仕方ないんじゃないの？」

カンゴが投げやりに言ったので、スズメは彼の頬にパンと激しい音がするほどの平手打ちをくらわせた。

スズメは何度も泣きそうになりながら、カンゴを平手で打ち付けた。悔しかった。その思いを全部込めるように……。

カンゴは耐えて、すべて受け止めている。

スズメの平手打ちがやんで、ふたりは見つめ合った。

スズメは唐突に抱きついた。決闘のあとで男同士が健闘をたたえ合うときの抱擁のように、ガッツリと。

「カンちゃん、がんばってね」

スズメは体を離して言った。

「有名になってね。じゃね……」

スズメはくるりと向きを変え、カンゴから離れるように歩いて行く。

「あ……スズメ」

カンゴが呼び止めたので、スズメは振り返った。

スズメはカンゴがなにを言うのかと期待のまなざしを向けた。

「いや……。俺ら、終わりなの？」

カンゴはこの期《ご》に及んで問いかけてきた。

「……バイバイ」

スズメは言って、荷物を引いて部屋を出ていった。

残されたカンゴは呆気にとられ料理中のフライパンを投げ出した。そして、途中まで描きかけていた、スズメの寝顔のデッサンをいつまでも見つめていた。


遊覧船に乗っているふたりの目に、水面に反射した陽のきらめきがとび込んでくる。傾きかけてきた夕陽が、川面にちょっかいをかけるかのように、反射しているのだ。

そのとき、〈ポンマリ〉と呼ばれる橋が見えてきた。

「あ、ねえ。セン――」

アオイは大急ぎで指差した。

「あの橋。次の橋。ポンマリ。あの橋をくぐるとき、願い事すると叶うんだって」

「えっ、そうなの？」

「そう。ただし、恋人同士で、ってことみたいだけど」

「恋人同士限定なの？」

「うん……定かじゃないけど、都市伝説みたいなもの……？」

「じゃ、恋人同士のフリ、しますか？」

センがさわやかに笑って言う。

「えっ、フリ……？」

「だって、そうじゃないと、願い事叶わないんでしょ？」

「でも、どうやって？」

アオイは首を傾げた。

「手……」

「ああ、はい……」

センが手を差し出したので、アオイは素直に自分の指をしっかりとからませた。

ふたりは手をつないで、近づいてくる橋にそなえた。

「願い事して」

アオイが叫ぶように急いで言う。

「ああ。忘れそうだった」

センは目を閉じてなにか願い事をしている。

船が橋をくぐり抜けた気配がして、ふたりは目を開けた。

なんとなく、手をつないだまま、顔を見合わせ、しばらく沈黙がつづいた。

「した？　願い事」

アオイが聞くと、センは神妙な表情で「した」と言った。

「手、せっかくなんでこのままで」

センは照れたように笑っている。

「ずるいなあ」

アオイは言うけれど手は離さない。

「えっ、俺？」

「ううん、私たち」

アオイが言うと、センはくくっと愉快そうに笑った。

「またアオイさん、変なこと言う。誰に対してずるいの？」

「神様」

「……背徳？」

センが不届きな冗談を言ったので、「なんだそれ……」とアオイは一笑に付した。

「願い事、なに？」

アオイはたずねた。

「それは秘密です」

センは意味深に微笑んでそれ以上は答えない。

「私は……また――」

アオイは言いかけてやめた。

また会えたらいいのに。

でも、それはいつだって願えることで、ほんとうにアオイが願ったのは、祈りのような、べつのことだった。

「また――」

センは神妙な顔で言いかけて、その先を呑み込んだ。

「同じこと、思ってたりして」

センはひとりごとのようにつぶやいた。


ポンマリがひとつの区切りだったかのように、ふたりはそれきり沈黙していた。

いつのまにかアオイは、センとのあいだの沈黙が気にならなくなっていることに気づいてしまった。こんな、最後になって……。

「あ、ねえ、それ……」

そのとき、アオイはセンの背後に見つけた。

「私の好きなもの、それ……」

アオイは指差した。

センが振り返ると、そこには大きなエッフェル塔が見えている。

「えっ、エッフェル塔？」

センは意外そうに言う。

「うん。パリでエッフェル塔なんて、あんまりにも当たり前すぎるけど」

「そんなこと、ないよ」

「私ね、10年まえにこっちに来てから、ほんとうにいろんなことあって。でも、いつもエッフェル塔があったな……と思って。これ、背が高いでしょ？　パリって建物低いから、いろんなところから見えるのよ」

「アオイさんにとって、エッフェル塔は特別？」

「特別ってほどじゃないけど……。なんて言うのかな、見慣れないものが、だんだん馴染んでいって、ああ、私、パリに馴染んできたんだなあって。旅行者じゃないんだなあって」

「…………」

「いつも、どんなときもそこにあってね」

アオイはセンを見つめて言った。

「いつもそこにあるものって、安心するしね」

センは確認するように言った。

「そう。そうなの。人間はいないから。どっか行っちゃうからね」

「……アオイさんのエッフェル塔になれたらいいのに」

センがさらりと言った。

夕波の音と遊覧船の客の声が邪魔をして、アオイはちゃんと聞きたいのにセンの声がクリアに聞こえない。言葉が遊覧船のお尻から、過去へと流れていってしまうような気がした。

「いまのは、愛の告白？」

「……どうだろう」

「明日、帰っちゃう人が、そういうこと言っちゃダメよ」

「帰りたくないけど」

「帰らないでよ」

「…………」

「あ、困らせちゃった」

アオイはついっとセンから目をそらして、遠ざかっていくエッフェル塔を見やった。そして、言った。

「大丈夫だよ、セン。私には、こいつがいるから。……シオンも好きだったなあ、チョコレート色のやつ、なんて言って」

アオイは言いながら、声が震えた。

「アオイさん……」

センはどこかに行ってしまいそうな心を呼び戻そうとでもするかのように、握っていたアオイの手を強く揺らした。

「うん……ありがとう。あのね……教えてあげたのよ。ママが生まれて育った日本の東京っていうところには、エッフェル塔のおともだちみたいな、東京タワーっていうのがあるのよ。行こうね、きっと行こうねって。……でも、とうとう行けなかったな……」

こらえていた涙があふれたけれど、アオイの手はセンに握られていて、ぬぐうことができなかった。


ふたりはエッフェル塔脇の停留所で下船すると、しばらくゆっくりとあたりを歩いた。なんとなく言葉が途切れがちになる。

「メリーゴーラウンド、２階建てだね」

センが見たままをつぶやいた。

「シオンが好きだったのよ。あの飛行機のが、好きで。いつもあれに乗ってた」

また、アオイの声が泣き出しそうに震えてしまう。夕方の風がトレンチコートの裾をひるがえしながら通り過ぎる。

アオイは涙をこらえようと、裾を片手でおさえた。

「せっかくだから、広場まで行ってみようか？」

アオイは涙を振り切るように言って、ふたりは手をつないでトロカデロ広場の階段をのぼった。

突然、パアッと広い地平が目の前に開けた。

エッフェル塔がそびえるように立っている。

その勇姿を、センは圧倒されたように見つめている。

ライトアップされていないエッフェル塔は、シオンの言うとおり、いつでもそこにいる、気のいい友のような〈チョコレート色のやつ〉だった。

「すごいねえ」

アオイは言った。パリに住んでいるのに、エッフェル塔は見るポイントによってまだまだ見たことのない顔があり、何度でもアオイを驚かせてくれる。

「ええ、ホントに」

センは素直に同意した。

ふたりはしばらく広場にたたずんで、エッフェル塔に見とれた。

「ねえ、アオイさん」

センのやさしい声がした。

「写真、撮らせてよ」

「えっ、私？」

「うん」

「私なんか撮ったって、つまんないよ」

「撮りたい」

センはもう決めたことのように言った。

アオイは、今日何度もシオンのことを思い出して、涙ぐんでしまった。自分でも思いがけないときに涙はやってくるからしょうがないけれど、センはどう思っただろうか。

写真を撮ってくれると言うけれど、アオイは笑えるかな、と思う。あの子を亡くしてから、心の底から笑ったことがない気がする。楽しくても、すぐ次の瞬間、悲しい気分になってしまって……。

一方で、自分が笑うことを、センはのぞんでいるのだろうか、とも思う。

そして、いまのアオイの気持ちがどんなものか、センが写し出してくれるような予感もあった。

「エッフェル塔の前で？」

アオイがたずねた。

「うん。俺にとっては、エッフェル塔とアオイさんがパリだからさ」

センはハッセルブラッドのファインダーを上から覗き込んだ。

「だから、これはパリの記念写真なんだ」

センはファインダー越しにアオイの表情をとらえた。

何枚も撮っていくうちに、アオイはゆっくりとリラックスした笑顔になった。

センは光の露出を気にかけながら、いろんなアングルからアオイを撮った。

突風がアオイの髪を一瞬さらうと、アオイは髪をおさえながら、満面の笑みを見せた。セ

ンはファインダーから視線をあげて、自分の心に彼女の笑顔を焼き付けた。

アオイはまだ笑っている。

「すごい、私、笑ったよ」

アオイが言った。

センはたまらなくなり、彼女のところに駆け寄って抱きしめた。

「ああ……」

アオイがセンの腕のなかでつぶやいた。

「好きかも。私、センが好きかも」

センは答えるかわりに、アオイをさらに強く抱きしめた。言葉よりも、アオイに気持ちを伝えられる気がした。

「すごい。私、まだ人を好きになれるんだ。こんなことあるなんて……信じられない」

アオイはセンの腕のなかで言った。

「アオイさん」

「セン」

ふたりはしばらくの間、抱き合ったまま、何かを確かめるようにいまここにいる相手の名前を呼び合った。

「あ……カメラ、大丈夫？　落としたら大変……」

アオイはセンと自分の間にある四角い物体に気がついて、体を離した。

「大丈夫」

センは笑って、もう一度アオイを抱きしめた。

トロカデロ広場前で、ふたりはタクシーを待っていた。

ホテルに戻るセンを、アオイは見送ろうとしている。

タクシー乗り場の列に並んでいるうちに、エッフェル塔に夕陽が射しはじめた。

アオイはセンの隣に横向きに並んで、思っていることを話しはじめた。

「あの子ね。シオン、亡くなる前に、よく言ってた。私、泣きそうな顔してるのばれてたのかな。あの子、自分が死ぬこと、わかってたのかな。ママ、笑って。泣いちゃダメだよ。シオンがいなくなっても笑うんだよ。それでこう言うの。ママは笑うとかわいいんだから」

「……同感です」

センが隣で言うのを、アオイは淋しく受け止めた。

「あの……5歳でも男は男だから……ママを守ろうとしたんじゃないですかね。大好きなママの行く末を、彼は彼なりに心配して、守ろうとしたんじゃないですかね」

「…………」

「あ。俺なんかが、勝手なこと言わせてもらえば……」

センは最後に付け加えた。

「……ありがと」

アオイはそれだけ言うのがやっとだった。

なにか言いたいのだけれど、うまく言葉にならない。思いのかたまりがふたりの間にあって、でもそれはやさしく、やわらかに存在している。

「ホテル・ドゥ・ラプセル・ド・ルレアンヌ」

アオイはふいに言った。

「ホテルの名前よ」

「ああ」

センは忘れていたのだろうか。なにかの呪文のように、そのホテルの名前はふたりに苦い微笑みを呼んだ。

「フフ、ずるいね。私、ちゃんと言えるのに、忘れたフリした」

「俺も、ずっと忘れてたかったです……」

「書くね」

アオイがメモ用紙にホテルの名前を書き終えたところで、ちょうどタクシーに乗る順番がまわって来た。

「じゃね。ここで」

アオイは言った。

「はい……」

タクシーに乗り込もうとするセンの袖を、アオイが引っ張って止めた。

「あ、ねえ……」

アオイは袖を持ったまま言う。

「さっき、何願い事した？　ポンマリの下で」

「それ、言うんですか？」

「聞いてみたい」

「アオイさんは？」

「私は言えない」

「また、勝手な……。俺は……」

「…………？」

「また……アオイさんに会えますように、って」

センが言ったとたん、アオイはまた満面の笑みになった。

いつかの未来。それがいつかなのかはわからないし、どうなるかなんて誰にもわからない。

でも、いまは……。

「また……」

アオイは言った。たった二文字の日本語が、アオイに元気をくれる。

「そして、はい。ホテルの名前のメモ」

アオイが紙を差し出すと、センはその腕を引き寄せて、キスをした。

小粋なパリのタクシーはその間、文句も言わず、ふたりを待っていてくれた。

そしてなにより、あの〈チョコレート色のやつ〉が、ふたりを上から見守るように大きな体で立ち尽くしていた。


スズメはホテルに戻ってきて、ロビーの椅子に座っていた。

ぼんやりとした表情で、なにかにうつむいて耐えているようでもある。

じつは、ホテルに来る途中の道ばたで、スズメはひどく泣き崩れてしまった。

なにしろ、人と別れてきたのだ。

せっかくのパリの空の下、スズメの涙が、まわりの景色の色をすっかり奪ったようだった。

どうしようもなくあふれてくるスズメの涙を、パリの石畳はふところ深く受け止めてくれた。

そして、いまは泣いた後の空虚さを、スズメはひとり抱きしめている。

いまが春でよかったかもしれない……、思ったそのとき、回転ドアが回って駆け込んできた人に、スズメはハッとした。

「お兄ちゃん！」

スズメは思わず立ち上がった。

「あ……」

「遅いっ。どこ行ってたの!?」

スズメはいきなり毒づいた。

「それは、こっちのセリフだ」

センは言って笑った。

「おう、お前を待ってたんだよ。お腹すいた。メシ食いにいこう！」

「えっ……!?」

スズメは怒らない兄に戸惑った。

余裕のある笑顔。なにかあったのだろうか……。

「パリ最後の夜だ、豪遊するぞ！」

兄はおおらかな笑顔で微笑んだ。そして付け加えた。

「……もちろん、お前の奢《おご》りでな」

帰国した翌日から、センは撮影の仕事に忙殺された。

「八神さん、パスポート、たぶん、今日あたり下りますけど」

年若い男性マネージャーが言った。

「ああ、取って来てもらえる？」

「いや、あれ、申し込むのはいいんだけど、受け取りは本人じゃないとダメなんすよ」

「ああ、そうなんだ。了解。……じゃ、俺、これからちょっと暗室入るんで」

センはスタッフに声をかけ、心おきなく写真の現像を始めた。

現像液にひたすと、しばらくしてアオイの、いい表情が浮かび上がってくる。あのときの笑顔……。

「あ、これだ。ベストショット……」

センは最高の一枚を選んで、満足そうに微笑んだ。

アオイが仕事を終えてアパルトマンに帰って来ると、ちょうど家の前に国際小荷物の配達の男性がアオイ宛の荷物を抱えて立っていた。

アオイは誰からだろうと思いながら、四角い荷物の包装をといた。

胸にかかえられるほどの小ぶりの箱である。

ふたを開けると、センからの手紙が入っていた。

アオイは大急ぎで、手紙を開いた。


『元気ですか?

靴をこわしてしまったことが気になっていました。

気に入ってもらえるといいけど。


日本で、近い将来、個展を開こうと思います。

そうしたら、アオイさん、見に来てください。

きっと、来てください。

絶対、来てください。

待っています。

P.S. エッフェル塔は元気ですか？』

センアオイは手紙を読み終え、満面の笑みを浮かべた。

『近い将来、個展』――。

言葉を噛みしめるようにもう一度、なつかしいセンの手紙の文字をたどる。

ああ、あの日のポンマリの願いが叶った――！

アオイはうれしかった。

「…………！」

手紙の下の薄紙をめくると、そこにはさらに贈り物が入っていた。

新しい靴――！　それもとびきりステキな……。

アオイは手紙といっしょに、美しいフォルムのハイヒールを胸に抱きしめた。

それから、アオイは大きな鏡の前に立って、新しい靴を履いてみた。

ベージュのエナメル、シルバーのモチーフ。
センはどんな思いで、この靴を選んだんだろう。
ほんとうにステキな靴——。
贈ってくれた彼を思うと、自然に笑みがあふれてくる。
アオイは中庭へとつづくドアを開け、軽快な足取りで大きく一歩踏み出した。

この作品は書き下ろしです。原稿枚数266枚（400字詰め）。

新《あたら》しい靴《くつ》を買《か》わなくちゃ

北《きた》川《がわ》悦《え》吏《り》子《こ》

平成24年7月20日　初版発行
平成24年8月10日　3版発行

発行人――石原正康
編集人――永島賞二
発行所――株式会社幻冬舎
〒151-0051東京都渋谷区千駄ヶ谷4-9-7
電話　03(5411)6222(営業)
　　　03(5411)6211(編集)
振替00120-8-767643
印刷・製本―株式会社　光邦
装丁者――高橋雅之

幻冬舎文庫

ISBN978-4-344-41893-6　C0193　き-22-2

幻冬舎ホームページアドレス　http://www.gentosha.co.jp/
この本に関するご意見・ご感想をメールでお寄せいただく場合は、
comment@gentosha.co.jpまで。